丝路内外的观与悟

一位跨越商业和智库两界的独立思考人士

游走丝路内外的独特观察和独到体悟

浩 轩 著

中国旅游出版社

序言

在世界百年未有之大变局与全球格局深刻调整的当下，智库作为思想创新的重要策源地，正以更深入的姿态参与全球治理体系的变革与重构。全球化智库（CCG）作为中国具有重要国际影响力的社会智库之一，不仅连续多年入选全球百强智库榜单（2024 年位列第 64 位），更是中国首家获得联合国特别咨商地位的社会智库。多年来，CCG 通过举办"一带一路"月度圆桌会、国际园区发展研讨会等系列高端论坛，为"一带一路"倡议的高质量发展贡献了独特的智慧与洞见。

在 CCG 众多杰出的同人中，浩轩先生凭借其广阔的国际视野与深厚的专业积累，成为"一带一路"倡议的积极践行者与传播者。作为 CCG 常务理事，他不仅是国际贸易领域的资深专家，更是一位兼具全球视野与深刻洞察力的智库人。他的足迹遍布五湖四海，每一次国内外考察，不仅是对商业契机的精准捕捉，更是对当地经济、社会与文化的深度探寻。这得益于他对国际经贸政策的深

刻领悟以及对市场需求的敏锐洞悉。

　　浩轩先生作为智库人，在他每一次商务考察中，都展现敏锐的观察力与深刻的思考力。他不仅关注商业机遇，更以专业视角观察丝路内外国家和地区的发展态势。无论是基础设施建设、产业升级转型，还是人文交流合作等领域，浩轩先生都能从细微之处发现机遇与挑战，并通过深入分析，提出兼具前瞻性与实践价值的建议。这些意见皆基于大量实地调研与深刻思考，为政府、企业等各方推进"一带一路"建设，提供了弥足珍贵的参考依据。此外，浩轩先生还多次主持"国际园区研讨会"以及"中国—东盟""中非""中拉"等经贸合作与可持续发展研讨会。

　　《丝路内外的观与悟》是一部凝聚思考与洞见的观察实录。通过作者的笔触，读者能够跟随他的脚步，领略"一带一路"沿线及其他国家的风土人情与发展脉动，感受他作为商者与智库人的双重使命。书中既有对现实的细致入微观察，也有对未来的深刻思考。相信这本书不仅能为读者带来轻松愉悦的阅读体验，更能激发更多人对"一带一路"倡议的关注与思考，为推动这一伟大倡议的深入实施凝聚更多共识与力量。

　　　　　　　　全球化智库（CCG）理事长　王辉耀博士

　　　　　　　　全球化智库（CCG）秘书长　苗绿博士

　　　　　　　　二〇二五乙巳蛇年正月

前言

FOREWORD

　　写这本《丝路内外的观与悟》游记的初衷，是作为一位从事国际贸易的商者，情不自禁地想把游走世界各地的所见所闻和平日里的所思所想，用轻松的文字分享给更多的人。

　　改革开放 40 多年来，中国发生了翻天覆地的变化，生逢其时，笔者跟随中华人民共和国踔厉奋发的脚步一同前行，人生也随着时代的航船破浪乘风。20 世纪 80 年代初，走进大学校园学习，毕业后来到万众向往的首都。清楚地知道自身缺少科技创新基因，此生难以在勘察测量技术领域有所作为，4 年后自觉知趣地结束了测绘生涯，转身跃入国际贸易的商海。回望过往的 30 余年，游走四大洋五大洲，领略了发达的欧洲列国，访问过拉美多地；走遍了东北亚，观览了东南亚多个国家，足迹也留在了中亚的许多地方；多次前往富裕的美国和加拿大，也游览过非洲原生态的肯尼亚、中东异样风情的阿联酋，还踏上了创新国度以色列。

　　生活既是宽阔的，又是多元的，能够敞开胸襟全然拥抱并融入

其中，便会体验到其乐趣和美好。可以自由地从商，随心所欲地出游，何其幸运，从心底感谢国家的对外开放。作为一位受益于时代的商界人士，借外访之便，踏足世界多地，从中得到一些有益的启迪。除了自身受用和回味，也愿和后来者分享，与同路人互鉴，算是一位商者对社会点滴的感恩和回报。期望每一篇短文仿若一朵秀美的小花，为读者传递别样的温馨；也盼望每一段文字宛如一杯陈酿的老酒，让读者品味到与众不同的香醇。在浩瀚的宇宙中，每个人都是微不足道的一粒尘埃，若能在酷热的夏日给人带去一丝清凉，为他人做一点点事，便足以欣慰和心安。

30余年的风雨兼程、几度沉浮，养成了思索和观察的习惯。常想好运怎样才会不断地降落到人的生命里，好心情是如何从内心深处源源升起。唯有感恩，感恩具有超出人想象的穿透力和感染力，是战胜一切困难的强大力量的源泉。在推进中国式现代化的征程上，希望每一位从商者都能生意兴隆，祝愿神州大地上的每一家企业都能在新时代阔步向前，祝福每一位读者和有缘人身心健康，祝福我们的社会更加和谐美满，祝福伟大的国家走向更加繁荣富强。感恩关心本书出版和提供帮助的每一位至爱亲朋，不再一一列举，在此鞠躬，一并致谢。

浩　轩

癸卯兔年岁末 于北京大望路

目录

CONTENTS

丝路之内——古丝绸之路的风貌

亚洲篇：古道新貌

中国：丝路起点国度的景象

丝路内外的观与悟

东亚：近邻的探索

丝路之外——环球视野下的多元世界

美洲篇：新大陆的新面貌

美国：多元创新的土地

加勒比的两颗明珠

大洋洲篇：太平洋的明珠

非洲篇：大地母亲的呼唤

欧洲篇：古典与现代的交融

丝路之内
——古丝绸之路的风貌

亚洲篇：
古道新貌

中国：
丝路起点国度的景象

一个可去感恩的地方——玉树

四月和六月两次到青海玉树，每次只停几日，却已深感其魅力，虽未深入探索，还是想有所表达。谈地震后涅槃重生不合时宜，说多了劫难又不太吉利，好似这里是一块不祥之地。其实，玉树是中华民族的恩泽之源，国人都受惠于此。

青海玉树藏族自治州是亚洲第一大河——长江、中华民族的母亲河——黄河、亚洲第三大河——澜沧江三江的发源地，被誉为中华水塔。水是生命之源，三江水流经国内多个省份，哺育了亿万华夏儿女，滋养了无数生灵，灌溉了广袤无垠的土地和田野。站在岸边，目送滔滔长江，滚滚黄河，浩浩澜沧，心潮澎湃，饮水思源，油然升起感恩之情，玉树是一个值得世世代代的人永远感恩的地方。

相传 1300 多年前，唐僧师徒四人从西天取经归来，路过通天河，坐在一只千年乌龟背上过河，乌龟得知唐僧忘记了帮它打听自己还有多长寿命，闹情绪后一抖，四人连经书一同落水。三徒奋力救起师父后，还捞回一部分未被冲走的经书。面对滚滚东逝的通天河水，唐三藏无奈只好将浸湿的经书摆放在岸边的岩石上晾晒，晒经台由此得名。

那天上午，我们一行三人驱车冒雨慕名而去，传说中的晒经台位于距玉树结古镇约 30 千米的通天河畔，磐石表面漆黑如墨，我们虔诚地向这位唐代高僧曾停留晒经的磐石鞠躬，感恩唐僧从印度带回的经书丰富了中华佛教文化，进而为中华传统文化增添了内涵。离开时顺手拾起地上被游人丢弃的空瓶等杂物，还这块圣地应有的圣洁。

赶回市区停车打算吃午饭时，发现同行的藏地师傅的手包不见了，通过手机里的照片排除了途经的加油站等地，判定包就遗失在晒经台。驾车快速赶回，游人稀少，可包还是渺无踪影，空手而归。没放弃，又马上去当地派出所求助，可晒经台附近没有安置监控摄像，警官同情却表示无能为力，只能先在当地的服务平台上发布信息。这时一位年轻的藏族警官提醒说："可通过手机定位查找。"听罢起身到城中的苹果专卖店咨询。得到要领后再折返回派出所，一位警官拨打电话，说来也巧，拾包人这时竟然将手机开机了。警官用藏语说："我是派出所……"另一位警官立即锁定位置并联络 90 千米外的珍秦镇派出所，那里的警员立刻开车赶到拾包人处。

本以为丢失的包会石沉大海，没想到竟然失而复得，或许是玄奘大师从古时发来了关照，也是年轻的藏族警官们尽职尽责，不言放弃，为表谢意，我们赠送了一面锦旗。手包失而复得感谢玉树警官。

玉树市是青海玉树藏族自治州的首府，两次来此参观了文成公主庙和格萨尔王广场。文成公主庙始建于唐代，是藏族人民用来纪念这位把一生都奉献给汉藏和谐、为国分忧、超凡脱俗、流芳千古的杰出女性。格萨尔王是古代藏族人民的英雄，在历史上是否真实存在，至今尚无定论，但他真真切切活在藏族民众的心中，他的故事一直在藏区传颂。

还没有离开青海，已决定日后再来玉树。感谢祖国河山壮美，来日要怀感恩之心去登青藏分水岭——唐古拉山，去爬亚洲脊柱——昆仑雪山，去游览自然保护区——可可西里。

玉树是一个可去观光和感恩的地方。

小贴士 顺便告诉各位亲朋好友，玉树是一个年温差小、日温差大、天然清凉的避暑之地。

写于 2023 年 5 月

丰收的厦门　收获的福州

　　结束了清华大学三天的"一带一路"培训，我们一行 30 余人转飞鹭城——厦门，在华侨大学继续贸易畅通专题修学之路。常年商旅远离文字，有此修学如久旱逢甘露、鱼儿又见水。抵达厦门国际机场已是夜晚，飞机误点已是常态，走出机场，没有多想便登上接待方安排的大巴车。导游 Roger 以独有的闽南英语开始介绍这座城市。以前领略过印度英语，也听过日本英语，这次听到味浓的福建本地英语，印象深刻，过耳不忘。

　　早餐后，从酒店出发前往华侨大学，10 年前曾来过厦门，因此，此时我正左顾右盼、东张西望，远观近览、由近及远地找寻当年的痕迹。不知是谁调包了我的双眼，还是飞错了地方，呈现在眼前的是座陌生的、崭新的现代化城市。地覆天翻、日新月异的厦门，在过去近 40 年中，年平均 GDP 增长达 16.1%，可以说，厦门这个最早开放的沿海城市之一，是中国改革开放取得巨大成就的一个生动缩影。从鹭城的今天，我们信心满满地向远望去，中华民族伟大复兴之路前途无量。

"一带一路"人才培训班由国家发展改革委、国务院侨办指导，陈江和基金会慷慨资助，中国华文教育基金会"一带一路"人才培训专项基金主办，清华大学、复旦大学、华侨大学承办，全球化智库（CCG）支持。资深专家教师授课，博古论今、抽丝剥茧、用鲜活的实例来解读正在推进的"一带一路"。国家发展改革委西部开发司欧晓理司长详细解读了以下问题：

中国为什么提出"一带一路"？

中国做了什么？

至今取得了哪些成就？

"一带一路"的顶级设计可以理解为中国画中的写意，逐个具体项目的落实和实施好似工笔。成立于 2014 年的华侨大学海上丝绸之路研究院是国内最先成立的智库之一。培源院长的观点："一带一路"引领自贸区的发展，这便是"一带一路"与自贸区的关系。自贸区功能承接"一带一路"自贸区，是个平台与载体，"一带一路"的终极解释就是一个"经贸合作倡议"。

百年修得同船渡，千载修得学友情。"一带一路"贸易畅通专题培训研修班，35 名来自泰国、越南、缅甸、柬埔寨、印度尼西亚、马来西亚等国的官员、企业家经过北京、厦门两地一周的学习，不仅增长了见识，也结下了深厚的友谊。未来的东盟之行，

不仅是商务合作考察，也将是好友的欢聚和重逢。

涌泉寺被誉为"闽刹之冠"，历史上名僧辈出。明清以来先有永觉元贤、为霖道霈，后有古月、地华妙莲，近代有虚云、圆瑛诸名僧大德。应涌泉寺方丈普法大和尚之邀，乘高铁从厦门抵达福州。师父的司机已在站外等候，登上鼓山时已是上午 11 时。普法法师走来亲切地说本打算到车站接，我忙说不可以，安排司机等候已让人很心暖。落座后，品上好的茶。春天陕西终南山一别，半年后的再次相见，海阔天空，一叙就是 10 小时，不知不觉到了晚上 9 点半。

普法法师身为中国佛教协会副会长，36 岁便升座为鼓山涌泉寺第 135 代方丈。身在佛门心系天下，从两岸的佛法交流，到民族的统一大业；讲南亚的小乘，评中国的禅宗；谈华夏的百年鸿运，论中华的伟大复兴；议朝鲜的导弹危机，也聊半岛的局势走向，说寺庙的管理，聊品牌的打造，从海外的唐人街，到当下的"一带一路"，普法法师还特意电话其经商的弟子曾总上山一同交流。

第二天早餐时，边吃边叙，看似平淡的交谈中蕴含了教诲和开示，修行的法门也在不经意谈话中如春雨般地传授。10 小时的叙聊，鼓山 24 小时的法雨沐浴，与普法法师和涌泉寺结下的缘更深更厚。丰收的厦门，收获的福州，2017 年福建金秋之行格外圆满。

写于 2017 年 9 月

"小西藏"热贡静心之旅

本想金秋时节再次前往西藏，接受雪域圣地的滋养和洗礼，洗涤并平复被浮华喧嚣污染的心田。可因缘未熟没能成行，正所谓失之东隅，收之桑榆。正在我略感失落时，两周前有了去热贡的契机，毫不犹豫且满心欣喜地搭乘国航班机从北京直飞西宁，与抵达曹家堡机场的其他四位同路会合，再打车约 90 分钟到达有青海"小西藏"之称的热贡，开始了三天两夜的静心之旅。

"热贡"在藏语中的意思是"金色谷地"，是指青海省黄南藏族自治州同仁县隆务河畔区域。隆务河是中华母亲河黄河的支流之一，这浩浩荡荡奔流的河水冲刷和孕育出了被称为"藏画之乡"的神奇土地。同仁县辖 3 镇 8 乡 72 个行政村，总人口 10.23 万人，其中藏族占 74.3%，其他为汉、土、回、撒拉等民族。同仁县境内河谷相间，山峦起伏，地势南高北低，境内最高海拔 4767 米，最低海拔

2160 米，属冷温半干旱气候，是天然的避暑胜地。据说这些村里的男子大多传承着从宗教寺院传入到民间的绘塑艺术。2006 年，热贡艺术经国务院批准列入第一批国家级非物质文化遗产名录，使得热贡声名远播。

中午约 12:30 赶到黄南州同仁县隆务镇，入住盛宇天伦酒店。一刻没有停留就前往吾屯下寺，德高望重睿智慈悲的智者已经在他住处的卧室兼会客室等候我等，一行 5 人行礼后席地毯而坐。简单问候后，智者便娓娓道来吾屯下寺的前世今生，以及流传已久的历史故事。稍后，智者根据现场每个人的背景和特质，送了一份不同却特别相称的手工绘制的精美礼物，随后在原地开始午餐。地上摆放有手抓羊肉、奶茶、豆干、馍和油条等。在智者和众人面前不能如狼似虎，可面对精心准备的、有肥有瘦的大块羊肉，也不能过于矜持扭捏，想到不能辜负智者的盛情，便吃下有生以来最满口留香的手抓羊肉，为接下来的三天之行奠定了牢固的基础。看到这顿藏餐令大家心满意足，智者也心生欢喜。餐后交谈中，他拿起我的右手看了看说，生意投资用钱要谨慎，既点明过去又警示未来。

6 年前曾来热贡，那次是集体出行，很少有自由活动，留下当地藏区生活气息的印象不多，这次希望能做出改变。大家一致要求晚上喝点，久别重逢后想吐出更多真言，仔细询问后，在餐厅旁的超市挑选了两瓶当地备受青睐的天佑德牌青稞白酒。他乡故知相聚，异地新友相识，又有美酒相伴，顿感人生的美好。这款酒出人意料的醇和自然，入口柔绵但充满力量。这是我第一次在青海饮酒，也是第一次喝青稞白酒。"欢言得所憩，美酒聊共挥。"酒仙李白的诗句所表达的意境正是当晚的情景。

三天两夜转瞬即逝，离开前去向智者辞行，从他紧握我的手中瞬间感受到慈悲和温暖的力量。他说："我没有妻儿，无牵无挂，这里是你们的家，扩建的房子就要好了，这么多房间都是给你们用的，有吃有住的地方，每年都要回来住上几天，平时有事就打电话发微信。"我当场答应明年一定再来，也请智者保重，特别注意腰椎，方便时请医生前去或来北京治疗，行礼后依依不舍地离开。

这次见面的时间虽短暂，但收获颇多。同仁县早在 1994 年就被列为青海省唯一的国家历史文化名城，有藏传佛教寺院 36 座，有众多青灯黄卷日夜相伴的僧者，有精巧绝伦的绘画、雕塑、堆绣等热贡艺术，更有慈悲智慧的智者。

金秋时节没能去成西藏，却在时隔 6 年后再次来到热贡。此行吃了香肥的手抓羊肉，喝了醇和的青稞白酒，故知新朋他乡相聚，更得到智者的关怀和教诲。浮躁的心得以安静平和下来，记下智者的叮嘱，明年再去"小西藏"青海热贡。

写于 2020 年 11 月

岁末南国康养

　　上周末清晨，搭乘国航航班从首都机场 T3 起飞前往三亚，办完登机手续还没有登机，身体从内到外便开始发暖，心也随之向往之，热意油然而生。每年寒冬时节，都有一些北方人候鸟迁徙般去南国避寒。受国内著名的、从事共享经济的企业盛情之邀，我也如大雁南飞到了我国靠近南端的海滨城市之一。

　　中午入住温德姆酒店，下午自由放飞，欢迎晚会在七星级房车营地举行。酒杯还没举起，天空便淅淅沥沥地下起了小雨，宽大的雨伞撑开，酒会在雨中开场。吃当地的黄花梨小鸡蛋，饮入口柔绵的黄花梨酒，品尝鲜嫩肥美的烤全羊，五天四夜的康养之旅在音乐美酒歌声中展开。第一天入住酒店，头一沾到枕头就进入梦乡。我平时 5:30 左右起床，可第二天 7:40 才醒。以往酒后都是准时睁眼，这次想必是三亚空气中负氧离子过于丰富，梦中醉氧的结果。参加了两天十余个闻所未闻的项目路演发布，知识大涨，眼界大开。余下两日转住位于花梨谷的东方索契酒店。

花梨谷坐落于海南东方市，与夏威夷同在人类长寿纬度——北纬 18°。长寿之乡东方市，人平均寿命 82 岁，东方市 2021 年 12 月 10 日被联合国老龄所命名为"世界长寿市"。下榻酒店的第一天在泳池旁边的路上偶遇了一只圆滚滚的蜗牛，通往海滩的木道上邂逅了一朵好似离家走失的小姑娘般的落花，在沙滩上看见了几团随风奔跑的球状干草，还发现一块沙滩上布满密密麻麻数不清的小洞，想必有众多小生命正在里面睡懒觉。已是网红的秋千上满是前夜落下的雨水，无法坐上去，干脆用手把它尽可能地向后拉起，然后放下，两个秋千自己就欢快地荡了起来。接着脱掉鞋踩进软软的沙子里，又暖又舒服。近海上漂着几只小船，远海的那一边就是越南。当地人讲，过去时有年轻的越南女子为了追求幸福美好的生活，游泳偷渡到这儿，嫁给当地的男人。

接下来的两日，每天清晨都从酒店漫步到沙滩，向矗立在那里的秋千道早安。放眼远方滚滚而来的海浪，倾听激荡雄浑的涛声，享受清新温柔海风的轻拂。在一望无际辽阔的大海边自然而然地觉察到个人的渺小。闭上眼睛，做深呼吸，放松全身张开双臂拥抱面前的大海，与之相融，感受自己也是其中的一滴海水，内心瞬间变得坦荡开阔，充满力量。

据有关部门统计，当下中国企业家的平均寿命仅为 67 岁。近日接连几位商界名人英年早逝，给我们敲响了警钟。在冬日里，我等能在温暖如春的三亚康养几日，犒劳一下辛苦了一年的自己，要

感恩祖国的广袤辽阔，要感恩山川大海花草树木，要感谢邀请并热情款待的企业和爱心满满的服务人员。

结束南国岁末康养之旅，离开了凤凰国际机场，飞机爬升上高空，从机窗望着渐渐远去、令人心旷神怡的三亚，告别了秀美宜人的海南岛。金色的落日余晖由一束慢慢收窄成一线，路上行驶的汽车变成了车模，地上的栋栋楼宇亭台转化成五颜六色的积木。肉眼所见的世界在大自然面前是这般微小，倘若从太空眺望，整个地球在宇宙中也只不过是一粒尘埃。当这样观想思索时，心胸变得格外开阔，思想境界也在无形中提升了。

四天五夜的康养之旅领略了传统中医食疗的精妙、艾灸调理的神奇，并知晓了黄花梨的药用和稀有。医养结合，以养为主，持续管理十分重要。都说人生如戏，既然如此就更要有一个健康的体魄，好在生命的舞台上尽情展现，精彩绽放。温馨提醒亲友：我们不仅属于自己，故要重视医养，确保健康常在。

写于 2021 年 12 月

自驾——为什么要去青藏高原？

　　一个多星期前，先从北京首都国际机场 T3 乘国航班机飞到兰州中川国际机场，好友早已安排好接机。飞机提前一点儿落地后，我们一行人被直接送到当地颇负盛名的羊羔肉烹调专家——阿西娅餐厅，尽情享用了鲜嫩肥美的手抓羊肉和过齿留香的烧牛肉，还有精心挑选的兰州特色菜——香脆的烤百合。晚上又在入住的铂苑酒店里饱餐了西北人钟爱的面片。一顿清真午餐和丰盛晚餐便为即将开始的七天高原自驾游的身体储存了充足能量。

　　第二天，驾驶高配置 SUV 从有着"百合之都"美誉的兰州出发，沿兰海高速公路驶向甘南和青藏高原。途中进入首个服务

区——太石服务区短休。在猫屎咖啡直营店，品尝了一款从未品尝过的日晒咖啡，瞬间觉得精神焕发，后驱车继续快速行进，途中一幅幅生动真实的画面映入眼帘。很不幸的是，先后有两只白色的蝴蝶与行驶的 SUV 前挡风玻璃不期相撞，瞬间香消玉殒。虽绝非有意为之，心中却当即颤抖，顿生慈悲。同时也想到往昔无意中定然也曾伤害了许多人，在此一并忏悔。透过这一事件，再一次真切体会到自然界的物竞天择，适者生存。

从兰州进入甘南，甘南通向藏区的第一站是遐迩闻名、历史悠久且底蕴厚重的拉卜楞寺。拉卜楞寺是藏语"拉章"的变音，意思为活佛大师的府邸，是藏传佛教格鲁派六大寺院之一，可以授予的最高学位相当于博士。拉卜楞寺的建筑规模仅次于拉萨布达拉宫，寺庙恢宏壮观，地位尊崇，被誉为"世界藏学府"。寺内有世界上最长的转经长廊，据说共有 1700 个转经筒，全长 3.5 千米。我们一行，怀着敬畏和虔诚，先绕行整个拉卜楞寺一周再进大经堂朝拜。

拉卜楞寺位于甘肃省甘南藏族自治州夏河县，是电影《天下无贼》的取景地。夏河是黄河的支流，穿城而过，夏河县县名也由此而来。夏河县的主要街道两侧店铺林立，在游览之余可以随心购物，品尝美食。

小贴士 景区停车场旁的诺贝赛奥酒店，住宿舒适，菜肴可口，停车方便。

青藏高原自驾游的第二站是参观佛界奇僧——根敦群培大师的博物馆和第十世班禅大师的纪念馆。两馆分别位于黄南藏族自治州同仁县双朋西乡和德合隆南路。

根敦群培是位杰出的爱国爱教学者，据说精通多国语言，批判继承了藏族传统文化。藏文学研究造诣精深，在学术创新、思想启蒙等方面具有远见卓识，是一位著译巨丰、备受尊重和崇敬的藏族人文主义划时代先驱。

班禅额尔德尼·确吉坚赞于 1938 年 2 月 3 日出生于青海省循化撒拉族自治县文都乡一个藏族农民家庭。1941 年被班禅堪布会议厅选定为第九世班禅的转世灵童，1949 年 6 月 3 日，国民政府代总统李宗仁颁布命令，批准贡布慈丹为第十世班禅。

天妒英才，两位高僧都英年早逝。根敦先生 48 岁辞世，十世班禅 51 岁圆寂。伟人邓小平曾称赞十世班禅是"我们国家一个最好的爱国者"。

被称为高原江南的循化是中国唯一的撒拉族自治县，距西宁157 千米，位于青海省东部，青藏高原与黄土高原的接合部。全县人口约 16 万，62% 为撒拉族。撒拉族的祖先据说是公元 7 世纪从中亚的撒马尔罕迁移至此，语言为撒拉语，无文字，通用汉文。走在循化的街道上，看到异域风格的建筑和街上头戴装饰的行人，如同进入了另外一个国度。多次访问乌兹别克斯坦和哈萨克斯坦，那里有许多好朋友，在乌兹别克斯坦首都塔什干还存放了一套高

尔夫球具，期待疫情控制后再去挥杆。来到循化，再次目睹中亚的风情，由衷地感叹祖国的疆域辽阔，中华民族是一个名副其实拥有 56 个民族的大家庭。

一行九人含一个男童，两辆高性能 SUV，一红一黑，一前一后，在高速路、国道和盘山路上移动，构成一幅动感十足的立体图画。酷爱自驾游的队友木泉老弟，行车稳健，头车开路。第一次国内正儿八经自驾游的我尾随从容。青藏高原的雄伟和壮美，粗犷和险峻，这些难以用语言形容的景色，因驾车无法抓拍留念，只能尽收眼底，再瞬间转变成对这块土地的热爱。

在前往贵德途经尖扎县时偶然进入被世界纪录认证机构（World Record Certification Agency，WRCA）认证为"世界最大的藏式木结构四合院"的"藏家大院"。一进门就被眼前大气宏伟、纯手工的雕梁画栋、斗拱承托所震撼。这在一线城市都难得一见的巨型精美的木质建筑，是国家富强、民族进步、经济发展的真实写照。赞不绝口后，饱餐了一顿地道的藏式素餐，接着上路奔向贵德。

坎布拉景区位于青海省海南藏族自治州，距省会西宁市 114 千米，距海南藏族自治州首府恰卜恰镇 158 千米。贵德县是典型的多民族聚居地区，中原王朝、鲜卑、吐蕃等均在这一地区留下了历史印记。

小贴士 到循化可入住当地最现代化的酒店之一、2020 年新建成的金河源饭店。

蜿蜒曲折的山路上，贵德国家地质公园等景区的美景不断呈现。坎布拉的自然风光不输国外的旅游胜地。车内发出阵阵女人和男童的惊叹声，高德导航里的播报员也不断冒出来凑热闹："大兄弟，开慢一点，前面急转弯，请小心啊，你不怕我还怕呢。"

中华福运轮矗立在贵德县境内的黄河边，高 26.285 米，直径10.22 米，是世界最大的转经轮，也是唯一采用黄河水做驱动力的转经轮。中华福运轮日日夜夜不停转动，为中华祈福，护佑中华大地像奔流不息的黄河水福运长久。

黄河是我国第二大河，世界第五大河，全长约 5464 千米。"天下黄河贵德清"，是因为贵德地处黄河上游，没有流经黄土高原。走近孕育华夏文明、哺育中华儿女的母亲河，第一次看到清澈见底的黄河水，内心不禁涌起感激和感恩之情。儿女对母亲的爱永远是深沉的，我情不自禁地用手舀起岸边清凉的水连喝两口，再一次贴近伟大的母亲。

青海湖位于青藏高原东北部，是国内最大的内陆湖，也是内陆最大的咸水湖，还被誉为中国最美的湖。描述和赞美青海湖的文章不计其数，到底有多美，唯有亲见才能准确描述。清晨拉开入住的湖景房的窗帘，湖光山色尽收眼底。既然来了青海湖就尽

小贴士 长途自驾游导航软件很重要，其中导航的播报员也要精选郭德纲这类幽默诙谐的，搞笑口音和出人意料的语调会给旅程平添很多乐趣。

情地畅游一番。早餐后开始绕湖游览，穿过了绿草如茵的金银滩大草原，掠过藏城——刚察，内有六世达赖仓央嘉措文化广场，我们还爬进了莲花生大师当年修行的山洞。

第一次在青藏高原蜿蜒起伏的山路自驾游七天全程驾驶，改掉平时单手开车的习惯，心中清楚队友们的安全最重要。转湖途中，天空突然下起了阵雨，前挡风玻璃处的雨刷器节奏鲜明地摆动，好似古巴萨萨的舞步。雨过天晴后，也到了和青海湖告别的时刻。四小时后，到达预订的佛光酒店，距离塔尔寺仅 300 米。

第七天的目的地塔尔寺是藏传佛教的圣地，是宗喀巴大师的诞生地。上午 9 点左右，塔尔寺里已人头攒动。来自五湖四海的游客和朝圣者，不顾太阳高照的炎热，满脸期待地祈祷，向功德箱里投入自己的供养和期望。游客如织，不仅体现疫情后国内旅游业回暖、内循环渐入佳境，更是人心向善、国泰民安、社会安宁的展现。

感谢祖国地域辽阔，有足够长的路途和充足的时间让我们享受自驾的自在逍遥，也感恩藏地高僧的引领，精心安排我们参拜沿途的先圣先师，感谢争相埋单、慷慨的、觉悟颇高的每一位队友，与你们同行，三生有幸。感谢好友言萍提供的高性能、高配置 SUV，使这一次青藏高原自驾之行拥有高起点、高品质。

小贴士 千万不可疲劳驾驶，休息 10 分钟可精神大半天；不可强行侥幸超车，宁慢三分，不抢一秒，安危就在转瞬间。

　　有趣味相投的朋友真好!与有力量、有觉悟的好友为伴,好上加好!自驾为什么要去青藏高原?是因为这片广袤土地彰显了中国的辽阔无垠,能让你自由驰骋,尽情享受自驾乐趣;是因为青藏高原具有独特的壮美和雄伟的自然风光,任你尽情观赏;是因为中华优秀传统文化藏传佛法的真谛在此展现得淋漓尽致,任你全心汲取!

　　壮美的青藏高原,我还会再来!

写于 2021 年 7 月

感恩韶山这块沃土

在中华人民共和国第 74 个国庆节之后、毛泽东诞辰 130 周年前夕，我来到向往了半个多世纪的革命圣地——韶山。

耐心排队两个小时后终于如愿走进了期盼已久的伟人故居，零距离参观孕育人民领袖的摇篮。抚今追昔，浮想联翩，思绪不禁跨越时空重现毛泽东当年在这块土地上，风华正茂的青少年时光，探寻他是怎样从一个农民的儿子，成长为大气天下、卓尔不群的国家领袖。探索何以造就他气吞山河的雄伟气魄，以及他在当年中美军事力量差距巨大的劣势条件下，毅然决然地做出了出兵朝鲜的英明决断的原因。抗美援朝这一立国之战为我国的社会主义建设赢得了70 年的和平。

在毛泽东广场，献花仪式庄严肃穆，两位武警战士抬着花圈，步伐坚定，昂首挺胸在前，我等一行缓步随后。在巍然矗立的毛主席铜像前，怀着无比崇敬的心情向与日月同辉、山河同寿、永远活在人民心中的一代伟人三鞠躬。

在毛泽东纪念馆，我看到那件陪伴了他近30个年头、打了73个补丁的睡衣。在韶山期间的办公桌前，工作人员本来为他老人家准备了一张皮沙发，可他说这次是回家又不是出国，便换成了一把藤椅。这些遗物见证了伟人崇高的人生追求，把国家和民族装在心里的深厚情感。1934年，他曾指出"贪污和浪费是极大的犯罪"，对照之下，部分只顾追求享乐、铺张浪费的党员干部，显得那样令人不齿。让我们再次深情地缅怀一代伟人——毛泽东。

1959年6月25日，毛主席在离别了32年后重返故乡。第二天一大早，他手持几枝松枝，恭敬地站立在父母的墓前，亲手献上，深深地鞠躬。作为一国最高领导人，祭拜先人如此简朴，没有大张旗鼓，更没有兴师动众，胸怀是何等无私和宽广。世人公认他的心中始终装着人民，他留给我们的精神财富是：为人民服务。

为了成立中华人民共和国，他有六位至亲先后献出宝贵的生命，满门忠烈，包括革命伴侣——就义时仅29岁的妻子杨开慧，牺牲在抗美援朝战场年仅28岁的长子毛岸英。在家乡停留期间毛主席挥笔写下七律《到韶山》："别梦依稀咒逝川，故园32年前……"表达了对故乡无限的深情和对亲人无比的怀念。

短暂却丰富的韶山一日，全程用眼观察、用心记录。一路激情

满怀在回长沙的大巴上，我毛遂自荐满怀激情地领唱，与二十多位同路人一起纵情高歌《太阳最红，毛主席最亲》。

感恩韶山，这片红太阳升起的地方，这片诞生了一代伟人的沃土。

写于 2023 年 10 月

2018 年首访江西萍乡

萍乡是江西的"西大门"，在赣西经济发展格局中处于中心位置，素有"湘赣通衢""吴楚咽喉"之称。与这块土地渊源深厚，生意上的伙伴众多。家谱上记载，600 多年前，先辈们就是从江西迁到湖南。进入新时代第一次外访是中亚的乌兹别克斯坦，国内出行首选江西萍乡。

即将到来的狗年会有许多路要走，千里之行始于足下，而我的足，3 年前的一天，下楼时藐视台阶结果踏空，臀冲向了足。原以为只是普通的亲密接触，左顾右盼无人，起身若无其事地走开了。这次又轻视了臀的力量，恶果是一个月的时间里经常因脚麻

胀而哼哼。看了些医生均无果。来自萍乡中医世家的居先生，心生慈悲，对这只弱智的"足"见义勇为，拔针相助。

萍乡是一座有 1700 多年历史的文化古城，居先生中医世家，据说他祖上汉代时就开始行医，现专治腰椎脊椎病，居氏疗法，治愈了太多的父老乡亲，感谢信和锦旗达两万之多。居氏"脊络堂"的掌门人为我治脚还要冒不务正业之嫌，医术精湛，触类旁通，五次治疗后，逐渐好转，不久俺又会再次脚下生风，足下生辉。每次来萍乡都会结识新友，和居先生的交往不限于两男人间惺惺相惜，每餐总是高朋满座。居先生不仅医术精湛，境界也是一流，将身边的好友分享给远道而来的好友，新朋旧友又一起谈天说地，共饮好酒，其乐融融。

在萍乡停留期间，接触了些一线的国家公职人员，他们尽职尽责尽力，为企业的发展竭尽全力服务的态度和力度超出了我心中原有的旧念。当下，懒政、不作为的人还有，但为一方水土呕心沥血的干部也大有人在。改革开放近四十年，我国之所以发展成为全球第二大经济体，除了党的政策英明，人民的努力和奋进，广大干部坚决贯彻执行国家的方针政策，承上启下的作用功不可没。这一点，我们应公正客观地看在眼里，记在心中，赞在口上。

山窝里可以飞出金凤凰，老区同样有优秀企业。这片土地百年前曾有过辉煌的工业，今天挚友的包装公司，以匠心造物的精神，怀揣志向，一点一滴，日积月累在打造产品的品牌，已在业内独树一帜。去年超预期的发展，新年也会有更佳的期待。新年赣西之行，既治疗了脚，又喝了酒，还吸取了浓浓的正能量，心满意足，无以回报，唯有发自心底的祝愿：祝愿萍乡人吉祥安康，祝愿萍乡蒸蒸日上。萍乡是我国改革开放、锐意进取的一个缩影，是一个值得期待、亲近和热爱的地方。

写于 2018 年 1 月

乍到内蒙古鄂尔多斯

2010 年 8 月 30 日下午 3 点，阳光洒在首都机场 1 号航站楼，MU7617 航班准时启动引擎，冲向蓝天。这架飞机承载着乘客们的期待与梦想，向着乌海飞去。它是北京每天唯一一班飞往乌海的航班，犹如一座空中桥梁，连接着首都与内蒙古的这座城市。

我坐在 18C 靠近过道的座位上，心情平静而悠然。手中翻阅着当日的《环球时报》，一篇"人生如戏，用心体悟"的文章吸引了我。那一行行文字仿佛有着某种魔力，引领我思考。然而，也许是旅途的疲惫，也许是机舱内的宁静氛围，仅仅十分钟过后，我便抵挡不住困意的侵袭，悄然进入了梦乡。

在这高质量的睡眠中，仿佛暂时逃离了现实的喧嚣，沉浸在一片宁静的世界里。这样的宁静在二十分钟后被空姐温柔甜美的服务声打破。那轻柔的声音如同春天的微风，轻轻拂过我的耳畔。

"先生，请问您需要喝点什么？"空姐微笑着问道。

我揉了揉眼睛，清醒了一些，说道："给我来杯杞果汁吧。"

接过那杯色泽金黄的杞果汁，我缓缓将其饮下。甜甜的果汁顺着喉咙流下，带来一阵清爽。此时，我的思绪也逐渐清晰起来。

深知，来到内蒙古，喝酒是难以避免的。我常以东北人自居，东北人的豪爽在我身上体现得淋漓尽致。对于晚上的酒局，心里明白，喝白酒是毫无疑问的。毕竟，在这片广袤的土地上，白酒才能真正展现出热情与豪放。为了避免醉得太快，多喝点饮料作为铺垫，也算是给自己的小心思。

随着飞机的徐徐下降，透过舷窗向外望去。机翼的左侧是大片分割清晰的黄色土地，那辽阔的景象仿佛一幅无边无际的画卷，展现着内蒙古大地的广袤与雄浑。而机翼的右侧，则是一条奔腾流淌的大河——中华民族的母亲河黄河。那滔滔河水，气势恢宏。它犹如一条巨龙，蜿蜒穿过这片土地，向世人明确昭示着内蒙古是中华民族大家庭中不可或缺的重要一员。

乌海，承载着悠久的历史和深厚的文化底蕴。16 点 40 分，波音 737 客机平稳地抵达乌海机场。刚走出舱门，一股独特的气息扑面而来，那是属于内蒙古的独特味道，混合着草原的芬芳和大地的深沉。

鄂尔多斯市新华结晶硅有限公司派来的壮实小伙马骏早已等候多时。他身着黑色 T 恤，身姿挺拔，眼神中透露出热情与真诚。而我，身着白色 T 恤，与他相视一笑，仿佛是老友重逢。

离开为迎接内蒙古第十二届运动会新建的候机楼后，我们乘坐

的汽车沿着双向六车道新修的高速路疾驰。窗外的风景如幻灯片般不断切换，让人心旷神怡。

不久，途经四合木保护区。四合木，这名字听起来就充满了神秘的色彩。它属于蒺藜科，是落叶小灌木。作为中国特有孑遗单种属植物，它是草原化荒漠的群系之一，也是强旱生植物。它是最具代表性的古老孑遗濒危珍稀植物，被誉为植物界的"活化石"、植物中的"大熊猫"。其不仅是内蒙古一级保护植物，也是国家二级保护植物。

望着车窗外那一株株四合木，不禁感叹大自然的神奇与生命的顽强。它们在这片干旱的土地上坚守着，见证着岁月的变迁。大约一小时的车程后，从老不旦镇出口驶出高速。

鄂尔多斯市新华结晶硅有限公司近年来的发展可谓是超常的。它已经成功地融入了实力雄厚、与时俱进的内蒙古双欣资源集团有限公司。入住的双欣大酒店，正是其旗下的产业之一。

每年，公司都会从该司采购几千吨的产品用于出口海外。虽然合作仅有短短两年，可这两年间，我们目睹了他们的巨大进步。从生产工艺的改进到管理模式的创新，从员工素质的提升到市场份额的扩大，每一个变化都让我感受到了这家企业的蓬勃生机与无限潜力。

作为一名企业人，看到同行的发展与壮大，心中自然是备受鼓舞，感受到企业发展之美。这种鼓舞不仅来自他们取得的成绩，更来自他们所展现出的勇气、智慧和毅力。它让我坚信，只要有梦想、有决心、有行动，企业就能在市场的浪潮中乘风破浪，不断前行。

晚上 6 点 30 分，欢迎晚餐在热烈的氛围中开始。被我亲切称为徐老弟的副总经理、总助小宋、总助的助理小白，还有销售部的东北人小李和小王，围坐在一起，笑声和话语交织成一片欢乐的海洋。

"来，咱们先干一杯！"徐老弟举起酒杯，热情地说道。

大家纷纷响应，酒杯碰撞的声音清脆悦耳。

小白和小李这两位东北籍的女同胞，也毫不逊色，展现出了东北人的豪爽。酒是享有"塞外茅台"美誉的宁城老窖酒，此酒荣获国家银质奖。

两瓶老窖酒在大家的欢声笑语中渐渐减少，这次劝酒的力度相比以往有所减弱。不再是那种拼命劝酒、不醉不归的场面，而是更加注重交流与分享。这一变化，让我深深感受到了这里酒文化的进步和生活方式的转变。

大家一边品尝着美味佳肴，一边交流着工作和生活中的点滴。笑声、话语声、酒杯碰撞声，共同构成了一幅温馨和谐的画面。

约好第二天早上 9 点参观工厂，在微醺的状态下，我回到了酒店房间。躺在床上，思绪万千。感叹着社会的进步，从企业的发展到酒文化的转变，每一个细节都反映出时代的变迁。同时，也期待着明天的参观，希望能更深入地了解这家企业的魅力与实力。在这样的思绪中，我渐渐进入了梦乡，期待着新的一天带来更多的惊喜与收获。

写于 2010 年 8 月

春游西双版纳的第一天

  西双版纳傣族自治州位于云南省的最南端。2017 年正月初六来到这里，尽情吸纳纯净、清新、甜美的氧气，慰藉劳顿一年的身躯，与家人分享过去一年的收获，向往并憧憬新的鸡年，这个春节过得既有趣味又有意味。

  景洪市作为西双版纳傣族自治州首府，与老挝、缅甸、泰国、越南、柬埔寨山水相连。景洪在傣语中意为"黎明之城"。

  到了春意盎然的西双版纳，直奔入住的酒店。酒店的门两侧贴着一副对联："新春大吉鸿运开，五福临门佳年顺。"横批："景如意来。"

门脸儿不大，步入后发现里面别有洞天。进入别院，西双版纳傣族风情的画面慢慢展开。这里原是地道的傣式私宅，是景洪市稀有的私人高端精品酒店。原始的实木搭成前台，时尚的苹果电脑管理。工作人员如家人般接待游客，两只家猫也加入了迎宾行列。

菩提帕莎别院占地面积 8 亩，共有别墅 12 间。传统傣族建筑风格，树木成荫，流水潺潺，禅意浓浓。女儿在和老板娘商讨攻略，我正好品赏地道的普洱。菩提帕莎不仅有无微不至的酒店服务，还免费提供旅游景点咨询。古树普洱对刚刚喜爱上普洱的我恰如又结识了一位新友，兴趣盎然，几杯入口还没入住已感到甘甜温暖。

品了古树熟普洱，站起身来开始品赏别院——女儿精心挑选的西双版纳之行第一个驿站。亭楼错落有致，绿色呈现有方，淳朴纯真中有设计，精雕细刻里满自然。古老的木质建筑，在现代的灯光装饰下傣族私家老宅焕然变身精品酒店。

一点一天地，一线一菩提，一静一致远，一水一浮生，影院、私家泳池、静修禅堂、茶座餐厅应有尽有。屋内木质地板、大梁、尖顶、蚊帐罩护下的木床，精心制作的 S 贡缎 125 支枕被，舒适的程度无以言表。特别要提及是用竹子、圆木和青瓦依山墙搭起的洗手间，无玻璃窗户直接与外面相连，高配的科勒牌高档卫浴，如厕时也能亲近大自然。菩提帕莎别院是灿烂纷呈的西双版纳民

族文化的一个闪光点，摇曳多姿的热植小院，家人友人有情人休息度假的好地方。

在这冬天里享受温暖的春日、生活的惬意、自然的亲切，叙温情天伦，享欢聚时光，在这别院一并实现。好酒就要和好友共饮，好地方就要告诉给亲朋。到西双版纳，可住菩提帕莎别院。

春游西双版纳还没有展开，已经喜欢这里，菩提莎帕别院——不多的，爱意满满的傣楼别墅酒店。

写于 2010 年 8 月

再访台北　恋上宝岛

　　2017年12月16日，搭乘CA182航班，早上8点30分从北京直飞台北，途中享受了国航熟悉的大气、温暖的服务。中午11点50分顺利抵达桃园机场，迎接我们的是台北冬季淅淅沥沥的小雨。

　　台湾地区面积3.6万平方千米，在全国省、自治区、直辖市中位列28。正因为不大，顺势而为，没有走磅礴之路。宝岛处处显示出精致与细腻，一步入台北机场，其独特的玲珑就映入眼帘。回想1994年在新加坡参加海峡两岸产品展，一位台湾企业家在交流会上，情真意切地向参会的大陆朋友发出邀请，清楚地记得他说："欢迎朋友们有机会去台北，小弟坐庄。"弹指间过去20余年，我真的应邀来了。

　　入住酒店时，天井大堂正在举办一对新人的婚礼，刚落脚就沾上喜气，预示台湾一周修学之行圆满。在主持人煽情的专业导引下，

现场欢声阵阵，喜气洋洋。我等没机会敬酒、蹭饭、闹洞房，可还是从内心送去大陆同胞真诚的祝福。

拿捏脚步与呼吸间的规律，感受脚掌与地面接触的触觉，在行走中渐渐回归自然。每天往返学堂的路都要经过台北大学，这里的书店超市餐馆等占地有限，但大学的建筑却很有面积，教育投入硕果累累，可圈可点。台湾出了多位诺贝尔奖的科学家非偶然突发，实是当年种下的种子开出了花朵。

到了台湾不品小吃实在对不起自己的嘴和胃，口水要最大限度地化成尝特色菜肴的配汁。放下行李一分钟都没耽误就蹿进离酒店约百米的餐馆，痛快淋漓地涮了一把食锅。火锅食材品种丰富，人均花费仅 50 元人民币。

台湾是当年亚洲的"四小龙"之一，经济曾突飞猛进，外汇储备也位居过世界前列，也是当时的经济奇迹。今不如昔，但遗风犹存，营销高手仍随处可见。比如台北大学附近的楼盘的名称多是：耶鲁、哈佛、剑桥……看到这些世界一流学府的名字，望子成龙、盼女成凤的父母怎能不心动。

城市规划、环境保护、交通管理，科学有序，井井有条，处处可见。比如街道两旁的车位有编号，便于查找、管理。残疾人的专用位置标示清晰，不容侵占。人车规矩，机动车避让行人，路口红绿灯设计合理。如何建成新时代的智慧城市，可虚怀借鉴台湾地区、香港地区等地的经验，更要总结反思再反省。

忙里偷闲，在台湾的七天中翻阅了多本国民党原高级将领陈诚先生的传记和回忆录，其中关于日本侵华的片段，阅后汗毛立起，如梦中惊醒，也是警钟再次在耳边敲响。陈诚先生作为一名中国军人，对日本的剖析是深刻的。他在回忆录里写道：侵华是日本的国策，日本蓄意侵华由来已久，远在明朝万历年间丰臣秀吉就有征韩侵华的企图。明治维新以后，他们向外发展的野心更加炽烈。当时就有南进的海洋政策与北进的大陆政策之分，所谓南进的海洋政策，以侵略南洋和大洋洲为目标；所谓北进的大陆政策，即以整个中国为侵略的对象。两种政策争论，大陆政策获得胜利。自是而后，侵略中国就成了日本坚定不移的国策。日本当年就毫无忌惮地提出：日本要征服整个世界，而征服世界，首先就必须征服中国。

虽然第二次世界大战已经过去了接近80年，日本再想征服中国的妄想已是黄粱一梦，需要思考的是现在日本对中国真的友好吗？当下联合美国、印度、澳大利亚、越南等一切可以联合的力量，抑制中国的崛起是日本的国策之一，毫无善意可言，对日本我们永远要清醒警觉。前事不忘，后事之师。

离开酒店前往机场的途中和送机的司机先生攀谈，问到怎样看待海峡两岸的统一。他不假思索地回答：老一代人有政治党派情结，但如果问"70后"的我们这代人，十位里有七八位会说"无差"，台湾话是说都一样，也就是无所谓是大陆还是台湾当局主政，关键是要给我们工作。我再问"90后"的年轻人心中想的啥。他直接说

出：他们只在乎男女朋友，对政治无兴趣，这便是台湾这一代青年人的思想动态。

　　台湾七天修学之行，虽未参观景点，但为劳顿了一年的身心做了一次按摩与桑拿，还饱尝了上好的素食，这是给自己最好的新年礼物。我认同一位智者所言："禅修是人生旅途中的一条林间路。"三次来台，日久生情，既喜欢喝二锅头，又乐饮金门高粱。现深爱北京，又恋上台北，既是喜爱又是情怀。

写于 2017 年 12 月

中亚：
古丝绸之路的腹地

二十七年后重游哈萨克斯坦
首访阿拉木图

搭乘阿斯塔纳航空公司 KC888 航班早上 6:21 离开北京，空中飞行 5 小时 10 分钟，于当地时间 8:56 抵达哈萨克斯坦曾经的首都——阿拉木图。哈萨克斯坦是中亚地区经济最好的国家，也是全球最大的内陆国，面积为 272.49 万平方千米，排名世界第九位。阿拉木图是哈萨克斯坦第一大城市，也是整个中亚的金融、商业、教育等中心，早年因盛产苹果被称为"苹果之城"。

2013 年 9 月，习近平主席访问哈萨克斯坦期间，首次提出共同构建"丝绸之路经济带"的宏伟倡议。今年 5 月在北京召开的"一带一路"峰会圆满落下帷幕，深感这一伟大设想应该从解读推演的

层面进入实施践行的阶段。今天从"一带一路"的发起地开始用双眼观察、双脑觉察、双腿考察沿线的共建国家。

1990年，我曾从莫斯科乘坐当时苏航的航班飞抵位于哈萨克斯坦中部的名城——卡拉干达，参访这个加盟共和国最大的钢铁企业——卡拉干达钢厂。时隔二十七年，重游这个国家，对过往的回忆只能轻描淡写，只因记忆里仅存从城中驱车前往钢厂途中公路两边一望无际的黄沙。二十七年的光阴掠过，青年已步入中年。沧海桑田，曾经荒凉单调的国度，随着中国发起"一带一路"倡议和哈萨克斯坦提出"光明之路"倡议的推进，正在走向繁荣富强。据说阿拉木图每三人就有两辆车的保有量，彰显了一个身强力壮的游牧民族，正在走向发达和兴旺。

在酒店住下后，便与熟人介绍的友人特列克先生联系，此前不认识的特先生又安排他的好友Yeku开车来酒店接我们一行。哈语流利的Yeku是一位来自新疆的哈萨克族小伙，10年前移民哈萨克斯坦，熟悉阿拉木图，这样我们有车、有向导、有目标，也有了探索的动力。下午的考察进行得顺利，有朋友真好，多一个朋友何止多条路，更是多了一片广阔的天地。

　　27 年前因公务曾到哈萨克斯坦工作两日，今天怀揣探究"一带一路"发起地的动力和践行的渴望，首次到访中亚最大的城市阿拉木图，短短的 4 小时实地参观考察交流，因有备而来，走马观花也能获取所需。百闻不如一见，而行又胜于言，重游哈萨克斯坦，首访阿拉木图，这一天过得心满意足。

　　　　　　　　　　　　　　　　　　　　　　写于 2017 年 6 月

阿斯塔纳，新首都新希望

　　1997年7月5日，阿斯塔纳取代阿拉木图成为哈萨克斯坦的新首都。短短的二十载，它已成为哈萨克斯坦的金融中心、工农业的主要生产基地、全国铁路交通枢纽，更成为众多年轻人追求梦想和希望的地方。建都仅仅20年，阿斯塔纳从北部一个20万人口的小城蜕变成中亚地区21世纪最现代化的城市。高楼拔地而起，花园绿树成荫，道路交通现代。"深圳速度""香港精神""上海视野"在这里一一呈现。

　　阿斯塔纳离原首都阿拉木图直线距离约980千米，伊希姆河穿城南部而过，四季气候宜人，生态环境良好，现在是7月平均气温

25℃，晚上 9 点太阳还挂在天边。年轻的都城，成功申办并正在举办 2017 年阿斯塔纳世博会，彰显了城市整体快速发展的水准，创造了一个举世瞩目、备受尊重的经济奇迹。

阿斯塔纳世博会是中亚地区首次举行、115 个国家参加的全球性盛会。哈萨克人民风淳朴，热情好客。拥有 130 多个民族的哈萨克斯坦或许是世界上最具有包容性的国家之一。哈萨克斯坦人自己讲，这个地球上除了狼，最爱吃肉的就是哈萨克斯坦人。身体健硕，勇敢豪迈，力量过人，诞生了许多世界拳击、举重冠军。

年轻代表了希望，今天是阿斯塔纳建都 20 周年，又是世博会中国馆日，缘缘聚合，注定今天是殊胜的好日子。大巴司机的太太今日又产下一女婴，他完成了两儿两女的计划生育目标，全车人员鼓掌祝贺。纳扎尔巴耶夫总统，牧民的儿子，出生于 1940 年 7 月 6 日，明天是他 77 岁的寿辰，精明实干，长袖善舞。在他强有力的领导下，哈萨克斯坦摆脱了国家成立初期的困境，成为独联体内继俄罗斯之后第二大经济体，今天仍一直坚定朝现代化方向迈进。

来到习近平主席首次提出"一带一路"构想地阿斯塔纳，目睹这年轻城市的崛起，印证了纳扎尔巴耶夫总统的运筹帷幄，治国有方，为全世界低迷的经济开出一方独具东方智慧的良方。"一带一路"展现了习近平主席的高瞻远瞩与雄才大略。

来到充满新希望的阿斯塔纳，短短三天，重新出发的豪情被再次点燃。不仅是阿斯塔纳、哈萨克斯坦整体进步让人耳目一新，更

是"一带一路"正在此展开，让人备受鼓舞。阿斯塔纳是一个充满希望的首都，将引领哈萨克斯坦的"光明之路"。阿斯塔纳作为"一带一路"相关重要节点城市，也将见证这百年大计、千年宏图的实施与实现。跟上时代的脚步就是顺势而为，沿着"一带一路"奋勇前进，我们就可行稳致远。

怀揣希望向充满希望的城市告别，再见，阿斯塔纳！

写于 2017 年 7 月

阿斯塔纳的思考：什么是走出去？

从中亚到北美，由加勒比延伸至中美洲，行走欧洲又转东南亚，历时近一年，用脚步丈量"一带一路"的高远，用践行去体悟这一倡议的博大，从阿斯塔纳出发，终点又回到了起点。审视一年来"走出去"战略实施情况，深感中国既前程似锦又任重道远。也清楚看到共建国家在经济、文化、政治上若能携手合作，将会迎来空前的繁荣与和平。

2018 年 5 月 15 日，我再次来到"一带一路"倡议的相关重要节点城市、哈萨克斯坦年轻的现代化新都城——阿斯塔纳，距离 2017 年 5 月 14 日至 15 日在北京成功举办"一带一路"峰会恰好

一周年。结束 11 个月的全球多国考察，实际践行海外品牌打造，用行动回答"什么是走出去"。

过去的一年行走世界，所到之处，从政府到民间，从商业精英到普通百姓，对"一带一路"共赢倡议高度赞同，同时对中国心存不小的期待。如何把握住这千年不遇的历史机遇，在携手共建国家一起发展的同时，实现中华民族伟大复兴？距离提出倡议已四年有余，解读成了多余，践行才是必须。首先我们务必清楚什么是"走出去"？其次要明白"怎么走出去"？也要知道走到哪里去？最后还要真正懂得怎么走出去？

什么是"走出去"？改革开放 40 年，中国的"引进来"就是日本、美国和德国等国家的"走出去"。相互参照，对中国的走出去就了然于心。

怎么走出去？40 年过去了，留在中国大地上的合资、独资企业和产品的品牌就是发达国家走出去的真实成效的品牌。中国的企业也要在"一带一路"共建国家如此地播种、生根、发芽、开花、结果。

要走到哪里去？当今丰田、别克、宝马等品牌已深入中国人的生活中，如影随形，挥之不去。中国企业走出去时，既要顾及近期的产能合作、传统的贸易出口，更要注重整体布局和品牌打造。属于世界级的中国品牌几乎没有，要坚定地从打造品牌做起，既要卧薪尝胆，更要坚持不懈，持之以恒，当把中国的品牌打造出来，走进他国人们的大脑中，我们的"走出去"才得以真正实现。

怎么走出去？要掌握品牌的打造方法，OPPO 手机、长城汽车等国内优秀企业的经验值得借鉴。考察发现目前制约和影响中国"走出去"的因素如下。

（1）政府有关部门因无利益和经营要求，激励不够，动力不足。

（2）国企央企有实力打开市场，不利之处是项目终身制。部分人怀有保守的明哲保身、不求有功但求无过的心态。

（3）民企私企因人才、资金、政策等有限，难以大胆尝试，有心无力。

（4）中国的走出去缺少整体布局和协调，攻城略地屡屡得手的日本采取的政府和民间相结合的"官民一体"策略，企业与银团携手、企业与企业抱团的战略，中国企业该如何应对？我们如何高效地"走出去"值得深思。

"构建人类命运共同体"是习近平主席创建的引领全球的新商业模式，是通过帮助他国成功实现中国的成功，这与过去其他发达国家只闷声发大财，不参与改善基础设施不同，格局高远，胸怀宽阔，这也是"一带一路"广受全世界欢迎的道理所在。

既然是命运共同体，你中就有我，我中也有你，你就是我，我就是你。构建人类命运共同体是世界未来发展的一种新思维、新视野，是全球治理的一种新方法、新路径。当相关国家达成高

度共识并共同实施时，一条通往共同繁荣昌盛的大路就会出现在我们面前。

　　阿斯塔纳的思考：想清楚了什么是"走出去"，看明白了怎么"走出去"，明确了要走到哪里去。我们沿着"一带一路"再出发！

　　　　　　　　　　　　　　　　　　　　写于 2018 年 5 月

乌兹别克斯坦：国家稳健　人民开放

乌兹别克斯坦位于中亚，历史悠久，1991 年 8 月 31 日脱离苏联宣布独立。乌兹别克斯坦是世界第七大黄金生产国，同时也是重要的天然气、煤、铜、石油、银和铀生产国。主要宗教属伊斯兰教逊尼派。当下的乌兹别克斯坦是个政局稳定、社会安定、对中国友好的国家。塔什干是乌兹别克斯坦首都和塔什干州首府，是政治、经济、文化和交通中心，也是中亚地区人口最多的城市。

塔什干市区面积 260 平方千米，人口约 230 万，按城市规模来说是独联体内仅次于莫斯科、圣彼得堡和基辅的第四大城市。乌兹别克斯坦人，民风淳朴，性情温和，为人友善，乌兹别克斯坦 138 个民族和睦相处。在此生活了 20 年的华人餐厅"中国饭店"的刘经理请我吃晚餐时讲，这么多年他从未见过街上有人打架斗殴，一年 365 天安全。在乌兹别克斯坦偷窃要获重刑，故少有物品丢失。

乌兹别克斯坦是个国家稳健、趋于保守、人民热情开放的国度，女人可不戴面纱，喜穿色彩鲜艳的裙子；男人也没有强制要求坚持每

天五次礼拜，酒喝大了且超过了放松尺度的先生也常会出现在街头巷尾。

传说上帝给了哈萨克斯坦一只羊鞭，送给乌兹别克斯坦一杆秤，善于经商是他们的天赋。笑口常开，笑脸相迎，但无论怎么笑，"心中始终有金融"。我刚入住塔什干皇宫酒店，发现插头遗忘在哈萨克斯坦的阿斯塔纳，便询问大厅门童酒店是否提供。礼貌的答复是没有，但他说可想办法。过了一会儿门童拿了一只回来，我不禁发自肺腑地赞叹五星级酒店的服务。这时门童小心翼翼地低声说："先生，这个是在外面买来的，需要收费 7000 苏姆。"解决了及时充电的大问题，我欣然同意，亲历了一次乌兹别克斯坦人的生意埋在笑容中。

乌兹别克斯坦的月平均工资水平低于哈萨克斯坦，但乌兹别克斯坦人对产品质量的要求、对生活质量的理解不含糊，不在哈萨克斯坦人之下。

乌兹别克斯坦的货币是苏姆，官方汇率 1 美元兑换约 4000 苏姆，非官方 1 美元能兑换 8000 苏姆。到了塔什干准备血拼点啥，先换 200 美元结果瞬间身价"百万"，换来约 1600000 苏姆。有个故事讲述乌兹别克斯坦的钱大：一天，一位小伙拎了个手提箱进了餐厅顺手放在桌上，一会儿貌美的女服务员走到年轻人跟前客气地说："先生，能不能请您把箱子放在桌下。"小伙很淡定地回答："姑娘，那不是什么箱子，那是我的钱包。"

除了公务还有观光教育，独立广场上一尊名为"伤心的母亲"的雕塑，常年坐在烈士墓旁，日夜思念自己失去的丈夫和儿子。二战期间，乌兹别克斯坦共有 200 万人奔赴前线，60 万战士以身殉国，长眠在苏联大地和欧洲战场。乌兹别克斯坦人民深知今天的和平与祥和是无数亲人用生命和鲜血换来，故倍加珍惜国与国之间的友谊，人与人之间的情谊。

三天乌兹别克斯坦之行，参观了三家工业园区，实地考察了两家建材市场；去了两家中餐厅，品尝了一系列本地餐，领教了乌兹别克斯坦商人的精明，目睹了国泰民安、安居乐业的塔什干；了解了这里的所想所需，感觉到古老的丝绸之路正在复兴。牢牢把握住发展的趋势和机遇是必要的，乌兹别克斯坦，我很快会再来。

历时十五天的"一带一路"之行，从哈萨克斯坦的阿拉木图到阿斯塔纳，再到乌兹别克斯坦的塔什干，深度考察两国三地，感知到了古丝绸之路过去的辉煌和壮阔，也在探究这条路未来能否再度繁荣。带着思考走入了哈萨克斯坦和乌兹别克斯坦，带着收获从乌兹别克斯坦首都塔什干经乌鲁木齐回到北京。

写于 2017 年 7 月

三访中亚丝绸之路古城塔什干

乌兹别克斯坦首都塔什干的四星级酒店——Rakat Plaza 硬件不算达标，可价格和服务很到位。单人间 85 美元/位，工作人员热情洋溢。超预期的是前台 "90 后" 帅哥一张口，整个就是一位 "一带一路" 人士，聊起正在开放的乌兹别克斯坦当下的商机，分析之透彻，推断之合理，人在酒店大堂，眼已远望到中国和欧洲，心遨游于商海，后生可畏，来日可期。

在颇具穆斯林建筑风格的大型餐吧里，享受香喷喷、入口即化的手抓饭等美食，再点上一壶当地人喜爱的红茶，和公司本地刚刚招聘的员工共进午餐。彼此之间亲近了许多，言谈中又加深了彼此了解。在不算发达的中亚，曾经纯正的社会主义城市现已经有了纯正的西餐吧。帅哥美女吧员，脚步快速穿梭，客人络绎不绝。

DUDEK 酒吧位于入住酒店旁 20 米，近水楼台，晚上返回酒店后冲上一个解乏的热水浴，洗去一身的风尘和劳顿，走出房间，到酒吧里紧挨乐队的吧台上先喝一扎现酿的德国黄啤。听一会儿乐曲演唱后，再要了一扎黑啤，滋润下欢跑了一天的喉咙。两扎仅 3 美元，价格良心厚道，与当地平均工资约 150 美元相匹配。

乌兹别克斯坦的首都塔什干不愧是古丝绸之路的驿站，也就是当下"一带一路"沿线的历史商业名城。货物贸易活跃，城里的专业市场天天车水马龙、人头攒动，遥想当年繁荣，那一定是骆驼和牛羊成群的世界。这里不仅商品丰富，且品牌意识不输发达的西方国家，比国内许多城市观念还超前，营销推广精准有效。

人们常说要天人合一，要做到却有一定难度，需要长期的修行修炼。车人合一就较容易实现，街上一辆绿色摩托和身着绿色上衣的一幕展示了乌兹别克斯坦人的协调性和一致性，稍作思考穿戴就出效果，也为这座古城的街道增添移动的色彩。

在塔什干短短的四天，马不停蹄。仅一年的时间，城市就变得更亮丽，人们心中也充满了新希望，看到乌兹别克斯坦新总统的作为，也亲见了"一带一路"成果丰硕，今天就碰到在乌建轮胎厂和出口橡胶医用手套生产线的两拨中资企业人员。

华为作为民族的骄傲，其办公楼在塔什干主要大道边，即使是夜晚也看出的确是雄起。中兴不当绿叶，在不远处居亚军，尽显挺拔。竞争压力也会转化成动力，企业需要在你奔我跑中茁壮成长。

步入 2018 年，第一次出行，走的便是古丝绸之路。本来是受乌

兹别克斯坦市场的钱味吸引，第三次来此，无意之中践行了"一带一路"的伟大倡议，思想境界也水涨船高。国运来了，想不进步都难。今生投胎做一名中国人，前世积德三生有幸。

离开塔什干国际机场，出关手续较前两次简便快捷。乌兹别克斯坦在发展进步，通过安检前，一位先生用俄语向我问话，我告诉他，我讲英语，他随后用英语说，你不是乌兹别克斯坦人？我问他我像吗？他说很像。拿起手机自拍验脸，难道短短四天，连续吃手抓饭，我的面容就发生了深刻变化？难道一方水土养一方人的功效也和我国的高铁一样又提速了？

再见乌兹别克斯坦的手抓饭，再见丝路古城——塔什干。

写于 2018 年 1 月

东南亚：
海上丝路的明珠

曼谷初夜　湄南河畔的风情

今晨，搭乘海航班机从北京直飞佛都曼谷，这是我29年商旅生涯中首次享受在国内自动办理出境手续，其方便快捷，感受到我们国家在飞速发展。泰国，这个热带季风气候的国家，年均24～30℃。曼谷的冬天，依然温润舒适、暖意宜人。商务考察组委会精心安排我等一行夜游湄南河。

湄南河是东南亚最大的河流之一，全长1352千米。这条河将曼谷分成东西两部分，东面是曼谷，西面是吞武里。晚上7点50分，我们从酒店出发，赶到码头时，船上已坐满了游客。路上塞车略迟，游船依旧等候我们的到来，瞬间体悟到泰国人民的耐心和对中国人的友好，同行的东哥伸出手指致意。

　　湄南河畔，寺庙佛塔，宏伟壮丽，在夜色中金光闪烁；现代化的高楼大厦，拔地而起，巍峨堂皇；古老与现代在此交相呼应。异国他乡的同胞相聚，更显珍贵，主动介绍自己，成为新友。建东董事长慷慨请大家喝泰国啤酒，尽显北方人的大气豪爽。把酒言欢，喜乐畅饮，熊姜董事长妩媚的笑容代表了我们的开怀。船上的演员也用歌声和乐曲为美妙的夜晚增色添彩。晚风吹拂，水波涟涟，一句《月亮代表我的心》中的歌词："深深的一段情，让我思念到如今。"让我在他乡听到熟悉的旋律、柔美的歌声，平添许多亲近之感。

　　信奉佛教的泰国民众耐心祥和，船上的服务人员满脸欢喜，为客人点送饮品。男女歌手用英文、中文、泰文演出，为来自世界不同国家和地区的客人献上泰国的热情。一曲萨克斯管演奏的《上海滩》瞬间将心中的画面翻回到千里之外黄浦江畔的码头。一首美国著名的乡村歌曲 Take me home country road（译为《乡村路带我回家》）又把思绪带往了万里之遥的美国。

泰国是世界上最著名的旅游胜地之一，这里的人们性格温和，真诚善待他人，这也是泰国服务业具有国际水准的原因之一。

今夜游船上每一位服务员脸上都洋溢着泰国人特有的、柔软的笑容。*My heart will go on*（译为《我心依旧》）——卡梅隆导演的电影《泰坦尼克号》主题歌，悠扬婉转，凄美动人；萨克斯管演奏员一首 *Go home*（译为《回家》）结束了今夜赏心悦目、尽享口福耳福的湄南河之游。

此前我曾到访泰国三次，均为休闲度假或过境小息，品尝泰国美食，观看人妖表演。那时没有也不可以有学习的动机和欲望，明天东盟"投资之旅"首站泰国正式启程，将要参观考察泰中罗勇工业园——中国企业家赴泰国投资第一平台，与过往不同，心生敬意，空杯前往。

写于 2017 年 2 月

罗勇工业园——"一带一路"建设上的金名片

  泰中罗勇工业园是面向中国及其他国家投资者的现代化工业区，被确定为国家级"境外经济贸易合作区"，将被建成中国传统优势产业在泰国的产业集群中心与制造出口基地。

  罗勇工业园是由中国民营500强华立集团和泰国上市公司工业地产商安美达集团共同开发。罗勇工业园历经12年的发展，入驻企业达86家。园区总投资超过25亿美元，累计总产值65亿美元，就业中国员工2000人，泰籍员工20000人，成为中国企业赴泰国投资名副其实的第一平台。

罗勇工业园之所以成为目前中国最成功的海外工业园区之一，基于如下因素。

（1）天时。中泰两国政府大力支持，享受泰国最优惠的政策。

（2）地利。区域优势，园区距离素万那普国际机场99千米，距首都曼谷114千米，距廉差邦深水港27千米。

（3）人和。拥有强大的合作伙伴，罗勇工业园是泰国最大的工业园——安美达的园中园，董事长为泰国政府前任高官。

（4）外力。一站式服务与泰国工业区管理签约，免费享受BOI证书，法律政策咨询、员工培训等。

（5）内功。专业的团队提供深入的增值服务。

午餐于安美达大工业园区内高尔夫俱乐部餐厅。在热带植物花团锦簇，一片绿意的环境下就餐，显示主办方细致入微的服务。午餐后首站拜访安美达集团。安美达1975年起步于海鲜生意，1988年涉足工业地产，1997年公司在泰国上市。安美达大工业园区内企业总产值达300亿美元，占泰国GDP的11%。公司董事长邱威功先生不仅商业上取得巨大成功，还是一位优秀的作家，至今已经出版了《做一个好人》等20余本著作。

日本本田、铃木等摩托车企业已在泰国经营耕耘了60余年。宗申摩凭借稳定的高质量、完善的售后服务、精准的战略定位，在泰国已基本站稳脚跟。

腾晖集团花园式工厂于2016年投产当年盈利。据公司衡总介

绍，银行对园区企业大力支持，泰国会商银行、中国银行、中国工商银行提供流动资金及抵押贷款，融资环境宽松。

最后一站参观的是盾安控股集团。潘总介绍公司运营顺利，产品20%出口到美国，规避了双反调查。80%销售泰国本地，同时他和前两家参观的企业一样高度评价华立集团在公司选址、政策法规咨询、注册登记等方面提供的优质服务。

今天的罗勇工业园产业配套日趋完善，产业分工日渐清晰，已初步形成集制造、仓储物流和商业生活区为一体的综合园区。泰国是东盟的中心，安美达大工业园区的工业总产值占泰国GDP的11%，罗勇工业园又是园中园。我们相信明天的罗勇工业区将会更加充分发挥中国传统产业集群效应，必将借助"一带一路"建设，助力中国企业抱团出海，与泰国等周边国家一起互利共赢，共同发展。

罗勇工业园已经是"一带一路"建设的金名片。

写于 2017 年 3 月

清迈七天冥想心田一年清凉

在岁末前飞往泰国清迈，参加为期七天七夜的冥想训练，远离喧嚣繁华，意在通过冥想如做一次心灵桑拿，清扫心田尘埃，用满心清净去迎接新年的到来。回望即将离去的 2018，感谢至爱亲朋一路的陪伴、关爱、支持和鼓励，顺便把一年的思考感悟收获打包送与各位分享。

2018 年 1 月伊始，开启的首次行程，目的地便是古丝绸之路沿线的历史名城——塔什干。起初，吸引我第三次踏上这片土地的，是乌兹别克斯坦市场蕴含的商机。可未曾想，这一趟旅程竟无意间与"一带一路"这一伟大倡议相契合，自己的思想认知也随之有了显著提升。不得不说，国家发展的良好态势之下，个人想要不进步都困难。能在今生成为一名中国人，想必是前世积累了深厚的福德，实在是莫大的幸运。

　　2 月两周四国之行，亲见世界头号强国美利坚依然先进强大，北美大国加拿大稳健有序如初，加勒比小国多米尼加勃勃生机，社会主义古巴政局稳定。走了多个地方，眼观六路，耳听八方，世界很大，中国最好。因为短短 40 年的时间内我国就发展成为第二大经济体，当下又进入了新时代，更有新希望。

　　春节后 3 月出访德国科隆和慕尼黑之前，在我的记忆中，德国是个制造业先进的国家。七天之行，亲见德国从第一产业到第三产业全方位发达，这是始料不及的。步入新时代后，从德国经济的繁荣中得到印证：德国经济的强大是企业的强大，企业的强大是因为品牌的强大，正是拥有众多世界级品牌，才成就了德国经济的强劲。

　　进入 4 月，先后出访了乌兹别克斯坦、哈萨克斯坦和古巴三国。其间，中美贸易摩擦或称贸易战如期而至。既然来了，就要面对。国家层面会出台手段和对策，实施出口贸易的主体——中国企业应做什么？继续埋头兢兢业业做代工贴牌，甘心情愿地永远做代工吗？

　　要想彻底摆脱受制于美国品牌商的命运，就要立刻警醒，痛定思痛，只有果断加速品牌的打造才是一条光明之路。美国绞杀中兴教训切肤，没有核心技术，寸步难行。同样没有品牌，只能代工或低价销售。美国加税，中国唯有加速，加速打造中国产品品牌。

　　在"一带一路"峰会成功举办一周年之际，2018 年 5 月对"海上丝路"倡议地印度尼西亚进行实地考察，亲见日本企业几十年深耕细作，根基深厚，成果丰硕；中国企业打破传统，创新营销，初见成效。印度尼西亚市场自身充满活力，双方合作潜力巨大，中国驻印度尼西亚大使馆公使衔参赞笑称，我们是为总理六日到访热身，时间实属巧合，但我等的确是与国家同呼吸共命运。

在菲律宾和印度尼西亚考察期间听闻的两件事一直萦绕在心中：2016 年 10 月，据已担任中国机电产品进出口商会副会长近十年的王贵清先生讲，他陪同国务院副总理汪洋视察第 120 届广交会，半个小时的时间里，一直在询问参展的中资企业的出口产品是否有自己的品牌，几乎所有的回答是令人失望的；2018 年 5 月，时任国务院总理李克强参观了日本在北海道苫小牧市的丰田工业园区里的零部件工厂。这两件事，呈现的是两位共和国总理的思虑，也是摆在中国企业和企业家面前的两大课题：品牌和海外园区，我们应该如何打造？

进入 7 月写什么都像跑题，说什么都似花边，唯有美国加税是人们最关注谈论的事。天已下雨，风也刮来，躲不开就去找伞，跑不掉便穿雨衣泰然处之，沉着应对，说不定借助这场暴风雨还能创造出新型的雨伞，设计出新一代雨衣。中美贸易摩擦趋于激烈，事情看起来规模较大，其实无论多大也只是个事。相信经历这场暴风雨我们会一同去见更大更绚烂的彩虹。

7 年前曾到访平壤三天，匆忙之旅，印象不深。7 年后的 2018

年8月再访朝鲜，近距离接触和探究这里的变化，感受到这是个有管理有秩序的国家，人民遵纪守法，对国家和民族无限忠诚。因美国封锁、联合国制裁，目前经济不发达，但朝鲜的战略重点已转到经济建设上来，值得关注和期待。

8月六天日本之行，从东京到长野再到箱根，探究日本当年如何成功应对美日贸易摩擦？作为世界上最发达国家之一，日本的企业如何健康经营？如今日本人均寿命最长的奥秘何在？超高的汽车保有量，不宽的街道和高速路为什么能做到一路畅通？在日期间，一日三餐通通日本料理，夜晚畅饮清酒烧酒。酒后倾诉心中真言和感慨：美国凭借美元霸主地位，对中国进行打压，好风凭借力，送我上青天。随着"一带一路"倡议的逐步推进，借助这次中美贸易摩擦，我们一定可以实现产业结构升级、加速企业国际化进程的目标。万众一心，上下同欲，丢掉幻想，坚定产品升级和品牌打造，坚信在不久的明天，中国一样会成为一个发达的、有自己特色的强国。

9月中秋时节，我去了陕西终南山，又见了阔别18个月之久的净业寺住持、南师的爱徒、当代文武高僧本如大和尚。医得病、武太极、写墨色、画丹青、擅诗文且左右开弓。确认我要上山，师父特地从厦门赶回。短短一天，沐浴了终南的秋风秋雨，接受了底蕴深厚的秦岭大山的教诲。晚上留在山顶寺中，夜宿法师书画间里小而净的卧室。窗外万籁俱寂，室内笔墨安详，在睡梦中静静地吸收古刹沉淀了千年思与想的熏陶。

10月五天高棉之行，寻幽访胜，惊叹吴哥建筑恢宏雕刻精美，品鉴繁盛时期高棉灿烂的文化。走进柬埔寨的城市和村落，感受高棉文明不同凡响的魅力，享受了超值的吴哥宁静之旅。吴哥王朝曾经辉煌耀眼，后因外国入侵而衰败。1960—1970年，柬埔寨曾是东南亚最富庶的国家，后因战乱而经济倒退40年。可见要想国家强盛，国泰民安最重要。

受好友之邀，11月前往韩国参加一个论坛。去年转机时曾到过首尔机场，但从未走进这个与我们同属东亚的国家。为什么短短几十年在仅有5000万人口、基础疲弱、资源匮乏的国度，出现了三星、现代、LG、雪花秀等世界级品牌，继而成为世界发达国家？一个国家的发达与先进，最后表现出来的是思想和观念的领先。

11月在上海进口博览会观展一天，短短数小时所见所闻所感颇多，跳出产品和一般展会层面的观察，看到的是上海更辉煌的明天和中国经济健康有序的未来。进博会不仅仅向外界传递了一个强有力的开放信号，也将带给上海、中国和世界深远的影响。当下有主要为国外买家提供选择卖家服务的阿里巴巴，但专门为中国买家服务的网上和地面平台相对较少，而世博会就是为中国买家服务的地面平台。

清迈位于泰国北方山谷中，为泰王国第二大城市。环境优美，空气凉爽，遍植花草，发达程度仅次于首都曼谷。曾长期作为泰王

国首都，清迈至今仍保留着古城墙等众多珍贵的历史和文化遗迹。它与首都有明显的反差：曼谷绚丽忙碌，清迈则纯朴悠闲。由于历史上同属兰纳王朝，清迈的方言和我国西双版纳的傣语是同一种语言，中泰之间的关系是好邻居、好亲戚、好伙伴。

纠结过去，担忧未来，是我们不快乐的症结所在。不能放纵自己的思绪，要把心牢牢地留在当下。让我们坚决管控好如野马般散乱的心，抓住每一个稍纵即逝的时刻，过了今天才是明天。把握现在，才能拥有未来。

让我们一同去听 2019 年元旦的钟声，去迎接和把握新的充满希望的又一年。

写于 2018 年 12 月

去了趟苏梅岛

　　疫情解封、春节后的首次出行，选择了气候宜人的泰国第三大岛——苏梅岛，想对经受新冠侵扰后的身体进行一次彻底清理，以恢复本有的旺盛精力和健康体魄。十天的医养内容，前所未见，超乎想象，大大超出了预期。近耳顺之年，面对每日从体内排出的不净，空杯心态倾听老师现身说法，这才第一次深刻意识到自己对医疗科学的懵懂无知、对于健康养生的认知匮乏。也认识到管好吃四方的嘴，善待拳头大小的胃是多么重要。多年来外表光鲜，实则是金玉其外，败絮其中。从今以后，绝不可再无视身体的存在，唯有由里到外、表里如一的安然无恙，才是真正健康，珍惜自身方能康泰平安。

　　数十年来，对于"病从口入"的认知始终停留在文字层面，在生活中未曾予以重视，也未曾加以防范。殊不知，一切行为都会留

有痕迹，吃下不洁净的食物，饮入非天然饮品，对身体会造成不同程度的损害，其结果会逐渐显现。若抱持"不干不净，吃了没病"的愚昧想法，日积月累，量变必然引发质变。待到未来某一时刻暴发，便悔之晚矣，其实不敢见或不见它都在那里。十天的排毒过程中，面对每日排出的令人毛骨悚然的不洁之物，方才清醒认定自己就是藏污纳垢之所。

近年来，太多领域频繁出现英才早逝的现象，实在令人痛心和惋惜。正值年富力强，风华正茂之际，本应该快乐地生活、开心地工作，却猝然撒手人寰，留下无尽的遗憾。前车之鉴，后事之师，必须立刻改变生活方式和饮食，洗心革面，从此开始自律生活，善待自己的肉身。

苏梅岛北距泰国首都曼谷 560 千米，人口 5 万，处处散发着自然淳朴的原始风味，是名副其实的世界级海滨旅游胜地。利用四个小时的闲暇时光，进行观光游览和身心放松。在岛上山顶 Jungle Club 餐厅尽情享用了泰式风味美食。大饱口福的同时，还将绵延弯曲的海岸、平静碧蓝的海水、无边秀美的海天构成的原始风光尽收眼底，让我深切感受到生活竟是如此自在怡然，生命是这般美好。

苏梅岛如此秀美宜人，为追求健康，我会再次欣然前往。

写于 2023 年 3 月

新加坡，为何值得常往？

再次访新　刮目相看

1994 年，我第一次去新加坡参加海峡两岸产品展，记忆早已风干，对当时被誉为"亚洲四小龙"之一的新加坡，印象仅存的便是有序和规矩。2000 年，新马旅游二访狮城时，行程匆忙，走马观花，浮光掠影，但也感受到了热闹和活跃。2023 年 6 月初，我深度沉浸于新加坡，凝神聚气观察，不禁大为惊叹，可谓刮目相看，今非昔比，肃然起敬。此次访星岛，我没能抵挡住美食美味的诱惑，尽情享受，后果是体重增加 3 斤。淡马锡的清新舒适，

令人轻松惬意。如今，新加坡已是亚洲人均 GDP 排名中位居第一，在世界范围内排名第五，被世人称赞，备受全球瞩目。

花园之城　当之无愧

新加坡于 1965 年被马来西亚驱离、被迫独立时一穷二白，连生存都是问题。沧海桑田，东海扬尘，而今已是高度发达的现代化国家，占人口 74.34% 的华族和其他民族的人一起，在弹丸贫瘠之地建成了享誉世界的花园之城。

乘坐新加坡航空公司的班机从北京出发，飞行 6 小时后抵达樟宜国际机场。在行李提取处的中央，枝繁叶茂的植物遍布，游客在第一时间便知晓自己身处花园之城。行李传送带围绕绿色植物转动，在等待行李时观赏花草树木，暖心养眼。在市区楼宇里的阳台，顶层处处皆是郁郁葱葱，给本来略显局促的城市空间平添了许多生机。反观国内城市高楼，鲜有精心设计的植物装点，即便个别有想象力和创造力的市民在自家楼顶自费种植了苍翠葱茏的树木，形成了一道独特的城市风景，可一旦被举报，常会落下因违章被拆除的结局。用心规划成就了许多空中花园，少有设计出现的是若干违规建设。同样是鲜花绿树，命运截然不同，可见城市整体谋划是多么重要，着实值得思考。

城市治理　极致用心

新加坡的整洁清新名不虚传。我是招蚊子的 B 型血，二十天前在加勒比地区逗留期间，无论散步还是就餐，常有蚊子贴身追随。在新加坡游走的六天里几乎没有见到蚊蝇，一打听才知，城市下水管道、雨后淤积易于滋生蚊虫处都被彻底治理。这里实在太干净了，以至于没有这些双翅目昆虫的立足之地，只好背井离乡，远走高飞。如此卫生，以小见大，彰显了高水平的城市治理。

在近一星期的学休之旅，每日行走或乘车于城市中狭窄或宽阔的路上，发现每一条街道无论大小，都是精心设计。科学合理的单行道，人性化且专业的信号灯，车与人各行其道，秩序井然，城市交通系统循环畅通，少见停滞不前的状况。新加坡不仅城市基础设施全球领先，城市治理也是世界一流。

他山之石　可以攻玉

地少人稠、小国志大的新加坡，从极度贫穷落后的第三世界，一跃成为富强、高效、严谨、廉洁的发达国家，跨度之大，世所罕见。其成功之道能够借鉴。著名的苏州新加坡工业园启动于 1994 年，中新两国政府近 30 年的通力合作，互利共赢，园区的经济有力推动了城市的快速发展，苏州的城市人均 GDP 多年来一直

名列全国城市前茅。

改革开放 40 多年，我国的城市建设日新月异，但与发达国家相比，仍有巨大的发展空间。城市国家——新加坡的舒适清新，可尽情相拥，其活力创新值得称赞。国内 672 座城市的管理者们在面对欣欣向荣、成绩卓著的新加坡时，应当保持谦虚，需要虚怀若谷。

繁华、祥和、舒适、洁净、精致的世界花园之城——新加坡，值得常往。

写于 2023 年 6 月

洞察印度尼西亚

在"一带一路"峰会成功举办一周年之际，对"海上丝路"倡议地印度尼西亚进行了深入实地考察，亲见日本企业几十年深耕细作，根基深厚，成果丰硕。中国企业打破传统，创新营销，初见成效。印度尼西亚市场自身充满活力，双方合作潜力巨大。中国驻印度尼西亚使馆公使衔参赞笑称我们是为总理六日到访热身，时间实属巧合，但我们的确是与国家同呼吸共命运，在雅加达期间的观察和思考与好友们交流分享。

飞机抵达印度尼西亚首都雅加达，步入苏加诺—哈达机场大厅。面对眼前现代化的建筑，第一印象这不是一个落后的国家。离开机场前往酒店的路上发现摩托车和汽车数量旗鼓相当，混在一起缓缓前行，又说明印度尼西亚是个不够发达的国度。

印度尼西亚拥有由约 17508 个大小岛屿组成的全世界最大的群

岛，面积 190.4 万平方千米，是东南亚国土最大、自然资源最丰富的国家，也是东盟第一大经济体，GDP 约 7570 亿美元，人均 GDP 3154 美元。2017 年 GDP 增速为 5.07%，G20 集团内仅次于印度和中国。

2013 年，中国国家主席习近平成功访问印度尼西亚，并在此提出 "21 世纪海上丝绸之路" 倡议，足以显示印度尼西亚对中国和 "一带一路" 的重要。印度尼西亚是东南亚人口最多、全球人口第四大国，有 2.7 亿，100 多个民族，87% 的人信奉伊斯兰教，但不以宗教立国，不属于伊斯兰国家。35 岁以下人口占比超 70%，在首都雅加达的街上，移动的老人都成了稀有。劳动力供应足，大街小巷、商场酒店等场所都是年轻人的面孔，即使是机场办公楼的清洁服务人员也多为 20 岁出头的男女青年，这也预示着印度尼西亚是个有希望的国家。

首都雅加达面积 740.28 平方千米，人口 1018.7 万，是全国政治、经济、文化中心，海陆空交通枢纽、亚洲南部与大洋洲之间的航运中心。雅加达号称世界第一堵城市，仔细观察它的堵，可以充分理解。由于雅加达至今没有地铁，市中心摩托车和汽车数量相近且混道行驶，相互影响。但雅加达中心区域即使再堵，路上和十字路口依然井然有序。为什么？因为都相互礼让，遵守规矩。

谈到走出去，日本和韩国是先行者。尤其是日本在东南亚包括印度尼西亚在内，第二次世界大战之后不久就开始实施海外开拓战略，过去几十年在雅万经济走廊沿线，丰田、本田、尼桑等众多企业纷纷建厂，覆盖了雅加达和万隆两大城市经济中心。深思熟虑，精心安排，今天已占领印度尼西亚汽车 90% 和摩托车 95% 以上的市场，其他领域也是独占鳌头。可见日本在印度尼西亚市场的推进成功有效。

一个现象值得关注，就是几十年来为什么日本只投资建厂，而不出手当地基础设施改造？这是被称为经济动物日本的有意为之，抢占市场份额，闷声发大财，优先发展自身产业第一重要。如过早地投资改善道路交通，其他国家的企业和产品就可能趁势纷沓而至，还可能长驱直入抢占制高点，这种为他人作嫁衣，提供方便的善举，日本很难遇到。日本如此战略部署的确给后来者带来巨大困难，今天要在 90% 的市场占有率中分得一部分，其艰难程度可想而知。

日本几十年深耕当地市场，产业合理布局。在印度尼西亚的工业园区始建于 1989 年，以知名大企业为主，配套厂家跟进，时至今日产品已深入人心，市场占有率高。日本企业之所以成功，值得我们中国企业借鉴。

抱团：企业与企业、企业与银行、企业与政府。

合理竞争：同业之间不恶性竞争。

本地化率高：产品配件供应商和营销本地化。

在海外市场，中国和日本的产品难免会有冲突，日本利用各种方式宣传：日本产品是高质高价，给中国产品贴上低质低价的标

签。如何改变中国产品在海外质差的印象？摘掉戴在我们头上这顶帽子呢？

首先，中国的企业自己要把好质量关，精益求精，追求最高品质。有关部门要协调组织国内外媒体进行精准的公关营销，要重点突出，反复强调：中国是公认的世界工厂，也是世界大牌的代工厂。客户包括日本和欧美，品牌有欧莱雅、苹果手机等。其次，我们要坚决抛弃中国产品只能以低价制胜的落后悲观思维，要以现代化的营销理念，打造属于自己的产品品牌，要放弃品牌需要几代人的谬论。近年来，韩国、俄罗斯、土耳其等国知名品牌的涌现，启示我们要坚定地从高质低价走向高质高价目标。多年前中国摩托车在越南、菲律宾和印度尼西亚市场因质量差全军覆没，如潮水般退出的惨痛教训和代价值得我们深刻反省。

来时道路拥堵，离开时一路畅通。随着车子移动，雅加达风光一一翻转展现在眼前。五天的雅加达之行，亲见 OPPO 手机已成功登陆印度尼西亚，上汽五菱成功建厂，产品已逐渐打开销路，华夏幸福产业新城建设，超越传统工业园区，通过提供完善的产业集群服务，助推中国企业在印度尼西亚发展已初见成效。公使衔商务参赞才思敏捷，眼光独到，尽职尽责，相信中国的企业和产品在印度尼西亚的市场上定会大有作为。

写于 2018 年 5 月

寻幽吴哥访胜高棉

　　国庆时和万众一起祝福祖国繁荣昌盛，节日里和亲友举杯同庆国泰民安。有意错过出行的高峰期，选择 10 月 6 日凌晨航班从北京出发前往东方四大奇迹之一柬埔寨的吴哥所在地——暹粒度假。五天高棉之行，寻幽访胜，惊叹吴哥建筑恢宏和雕刻精美，品鉴繁盛时期高棉灿烂的文化。走进柬埔寨的城市与村落，感受高棉文明不同凡响的魅力，金秋时节开启超值的吴哥宁静之旅。

　　抵达暹粒省的首府暹粒市是当地时间上午 9 点，出机场后没有前往入住的酒店，大巴直接驶到了第一个景点：姐妹庙。刚一下车就有一群孩童围上，一个约三岁的女孩用清晰纯正的汉语喊我：

"爸爸！给钱！两千！"刚到柬埔寨就有孩子叫我爸，此前从未到此一游，乍冒出个女儿。我确认自己心中有爱，但离大爱无疆还有很长的距离。其实这是一群受过培训、专向游客索要糖果和小费的年轻团队，导游说这是每天都发生的事情。

柬埔寨的官方语言是高棉语，如此培训和学习汉语，让中文成为柬埔寨官方语言的可能性大幅度提高。据史料记载，1世纪柬埔寨是由女王统治，女王名叫柳叶。后来被名叫汾填的印度人率领军队打败，完胜后仔细端详，见女王年轻貌美，柳叶女王也仰慕英雄神勇，遂结为连理，不打不成婚，从此柬埔寨第一个王朝——扶南王朝建立。随后，大批印度商人到来，扶南王朝统治了柬埔寨达500年之久，现在高棉信奉南传佛教和柬埔寨人皮肤棕黑便是印度的突出贡献。

扶南王朝在7世纪初被其属国真腊兼并，建成高棉历史上第一个统一国家——吴哥王朝，定都吴哥。吴哥Angkor在柬语中意为首都。长达900年的吴哥王朝是高棉历史的极盛时代，当下所指的吴哥是大吴哥和小吴哥；闻名于世的吴哥王城——大吴哥和吴哥寺——吴哥窟也叫小吴哥，就是在此期间所建，吴哥建筑展示的工程学奇迹至今仍令人困惑。史料描述当时的百姓生活富裕，商业贸易繁荣。

吴哥王朝不仅在柬埔寨的历史上成就辉煌，在人类文明史上也同样耀眼璀璨。不来吴哥窟，不能说到过柬埔寨，就如同不登长城，不算来过北京，可见吴哥窟的地位重要崇高。大吴哥即吴哥城是杰耶跋摩七世（1181—1220 年在位）所建，建成于 12 世纪末，是一座由长达 12 千米的护城河所围绕的大型古城，位于暹粒市北 6 千米。

吴哥窟被称作柬埔寨国宝，是世界上最大的庙宇，也是世界上最早的高棉式建筑。位于大吴哥城的南门外约 2 千米的地方，吴哥王朝国王苏耶跋摩二世举全国之力，花了大约 35 年建造，它是吴哥古迹中保存得最完好的建筑，也是吴哥王朝盛世的经典之作。吴哥曾经神秘地消失了四个世纪，它的重现如同我国秦代兵马俑的发现。

在暹粒游览期间，请特别注意过马路一定要走斑马线人行道，据说全城仅有 11 个红绿灯。柬埔寨无驾照的司机大有人在，没有经过正式驾校培训，驾驶技术不高，但胆子大，游客要对高棉司机多多关照。另外出行时双肩包要看管好，背在前面是自己的，背在身后可能是别人的，放在旁边是共同的，在柬埔寨旅行也要遵守这个原则。

在暹粒出行，打 TUTU 最为方便。TUTU 就是三轮车，随处可见，还可谈价。柬埔寨人性情温和、和蔼可亲，对华人友好。美元和人民币都可使用，前者更流通。当下汇率 1 元人民币可以兑换约 500 柬币。这里的星级酒店多为外商投资，具有国际旅游水准。值得一提的是，柬埔寨的 SPA 不逊色于泰国，价钱公道，值得体验。

在暹粒游玩吴哥期间，几乎每天穿行或沿着柬埔寨的六号公路行驶。长240千米的公路连接古都暹粒到首都金边，这条柬埔寨目前最好的路又被当地人笑称为柬埔寨第一条"高树公路"，意思是指路两旁有大树，这也反映出柬埔寨人民对高速公路的渴望。

不比不知道，一比就知晓。殖民统治柬埔寨90年之久，法国仅对橡胶等资源情有独钟，少有基础设施投资，对当地人民的福祉投入有限。这条柬埔寨的交通大动脉是由中国援建，实实在在地惠及了当地百姓，帮助了柬埔寨的经济发展。柬埔寨首相洪森表示："柬埔寨从'一带一路'建设中获益良多，感谢中国为柬埔寨提供的大力帮助，柬埔寨加快实现了国内各省市间的互联互通……"

还值得一游的是"崩必裂"遗址。崩为崩塌之意，这里没有进行任何修复，崩塌的古迹，无人工的刻意雕琢，而是保存原貌。步行在残砖碎瓦、古树石道上，在一堆堆废墟中领略其珍贵的文化，令人神醉情驰。时间宽裕还可前往洞里萨湖，这个东南亚最大的淡水湖泊不仅景观独特，更有沿水而居的越南村和柬埔寨村。坐船在湖面游览，买上一瓶当地的啤酒，边饮边观赏金色的落日及霞光满天的余晖，别样感受。

暹粒之行惊叹吴哥建筑设计精美，探究高棉王朝的昔日繁盛，当下柬埔寨国家经济渐有起色，它正以热情的姿态迎接外国投资。据说每天前往柬埔寨（高棉）的中国游客达5000人之多，作为支柱产业，柬埔寨旅游业多年持续增长，真为友好邻邦的发展点赞。

反观中国的旅游业，出境游已多年保持全球第一，为世界各国做出了巨大贡献，国人引以自豪，但入境游对比全球其他国家的蓬勃发展却相形见绌。多年来，来华游客不增，这需要国家旅游有关部门制定出能吸引外国游客的营销战略。现有的"美丽中国"旅游定位过于空泛，不足以打动潜在的海外游客。围绕美丽中国，中国美丽营销，难以激发前来中华大地旅游的热情，精准的中国国家旅游定位是重中之重，一句话说清楚中国是一个怎样的旅游国家是当务之急。

吴哥王朝曾经辉煌耀眼，后因外国入侵而衰败。柬埔寨在1960—1970年曾是东南亚最富庶的国家，后因战乱而倒退40年，可见国家强盛、国泰民安最为重要。怀揣着好奇心前往暹粒寻幽访胜，满怀敬慕之情离开，意犹未尽，恋恋不舍。来日再访高棉，要去探访充满勃勃生机的、曾经的东方小巴黎——柬埔寨首都金边。

写于 2018 年 12 月

胡志明市的春天之约

　　时间回拨一个星期。周六晚从北京飞抵昆明，入住春城湖畔度假村。周日上午完成了 2024 年的首次挥杆。井然有序的球场由新加坡投资和管理，是全球百大球场之一。所到之处，轻声问候，笑脸相迎，如沐春风。傍晚乘东航班机飞胡志明市。出发前，提醒自己这次旅行要怀揣着赞叹与随喜的心情近距离细看越南的快速发展。一周深度融入当地，在汉语流利、人称龙哥的越南朋友华总和多位当地华人全程如兄弟、保姆般精心安排陪伴下，参访园区和企业、游览城内外景点、登船夜游澜沧江、品尝咖啡美味、畅饮冰爽美酒，短短七天便从充满期待跃升成由衷的喜爱。

　　空中飞行 2 小时 30 分钟，抵达胡志明新山国际机场。友人举牌迎接，随后送至 SAIGON PRINCE 酒店。办理入住出示护照时，负责接待的美女发现她父亲和我竟是同年同月同日生，相信这就是跨国之缘。天遂人愿，我如期而来。 历史上越南是法国的殖民地，原称西贡的胡志明城市中弥漫着法兰西气息，曾被称为"东方巴黎"。入住的西贡王子酒店位于市中心，恰是周末，一到晚上，门前的路封闭，自动变成了步行街。熙熙攘攘的人群大多为对生活充满向往，活力四射的年青一代。街舞、弹奏、演唱、聊天、画像、魔术、人雕、踢毽……为充满西方情调的夜生活融合了许多东方元素，很是热闹。当地美食小吃，香鲜可口。无论是热气腾腾的河粉，还是香脆的春卷，每一口品尝，都是对越南文化的切实体验。

早餐后，在酒店周边散步。走到河边路，只见信号灯一变，迎面便涌来阵容强大的摩托车群。细数从眼前驶过的车辆大多为日本制造。10辆里7辆日本、2辆韩国、1辆欧美。在随后整整一周里，街上中国汽车没见一台。路上行驶的以丰田居多，有路就有丰田车早已不是一句广告语，是路面上真真切切地存在。越南摩托车市场更是日本一统天下。酒店对面是一家颇具规模的书店，走进去映入眼帘的图书文具，琳琅满目。日本图书有专门的区域，中文书籍，难见一本。在曾自称为"小中华"、受华夏文明影响深远，拥有1亿人口的越南市面上，中华元素已少见，需要我们进行深入反思，中国企业走出去任重道远。日本深耕海外，市场拓展有全方位设计，精心精细值得借鉴。时不我待，卧薪尝胆，知难而上。越南政府当下大力提倡环保和低排放，希望中企抓住新能源汽车和电动两轮摩托的历史性机会实现突破。可喜地看到雅迪电动车已登陆越南投资设厂，专卖店已近400多家。雅迪2023年销量突破10万辆，销售额增长36.1%。反观在越南久负盛名的本田和雅马哈则双双下

跌。本田销量下滑 19.8%，雅马哈销量下降 13.2%，中国企业在越南市场未来可期。

此行最令人震撼的是参观越战纪念馆。17 年的抗美入侵，战争残酷超出原有的认知。美国使用橙剂等化学武器给越南人民造成的伤害是人性良知所不容，永远钉在历史的邪恶和丑恶耻辱柱上。惨绝人寰的恶行警示世界不要对不知忏悔的帝国主义存有丝毫的幻想。

从艰难困苦中走出的越南，选择了和我国类似的对外开放。正是越南共产党的坚强领导，当下人民安居乐业，国家蒸蒸日上。这些天接触到的友人，无论是华裔还是本土民众，都十分赞赏羡慕同为社会主义中国的今天，我等也赞叹越南的日新月异和欣欣向荣。1976年越南宣布南北实现统一，成立越南社会主义共和国。1986 年实行改革开放，38 年的不懈努力，现已是东南亚举足轻重的强国。

越南全国划分为 63 个省级行政区，包括 58 个省和 5 个直辖市。这次到访的仅有 150 万人口平阳省就有园区 38 家。据告新加坡在越南共有 28 家工业园，令人赞叹和震惊。有新加坡的助力、欧美的牵拉、日韩的投入、中越的互利合作，加上自身的奋发，越南继续发展也在可期之中。

龙年四月，兑现了期盼已久的访越之约。胡志明市高温酷热，挡不住日后再来这座生机盎然的魅力之城。

写于 2024 年 4 月

用清净清明　来辞旧迎新

本月初，放下手中的事务，兑现了今年春天为了健康而许下的承诺，再次前往泰国第三大岛——苏梅岛。在丹亚健康中心接受十天传承自古印度、与众不同、延续千年的康养疗法。身体清理修复后，神清气爽，轻松愉悦。

辛劳了一年的身躯获得关照和养护后，马不停蹄地飞到新加坡，在樟宜国际机场里的皇冠酒店舒坦地休整一夜后，又飞到印度尼西亚爪哇中南部的古老城市——日惹，开启期冀已久的婆罗浮屠秘境之旅。

婆罗浮屠建于 750 年至 850 年间，与柬埔寨的吴哥窟、印度的泰姬陵、中国的万里长城并称古代东方四大奇迹。周围有九座火山环绕，婆罗浮屠便在火山喷发形成的灰下沉睡了 1000 余年，直到 19 世纪初才重见天日，神秘的面纱才渐渐被揭开，婆罗浮屠的古

迹保护不及吴哥窟完整，建筑也不及其恢宏，这并未影响它讲述久远的故事、述说千古的传奇。这座当年以举国之力花费 75 年建造的、当今全世界最大的寺庙之一，浓缩了当时东南亚灿烂文明的精髓，婆罗浮屠梵语的大概意思是"山顶的佛寺"。

五天里，同一群知恩感恩、心存善念的人一起每天沉浸在婆罗浮屠，听闻古老悠久的智慧，汲取古文明的滋养，寻找真实的自我，还有幸登上了古迹的最高处，生命仿佛也得到了升华。平日随意踞，登顶便双盘，闭目安静地坐在石砖上，接受积聚了千年能量的加持，散乱无序的意识经过净化趋向清明，在生命的深层、思想的深处更加觉知自己。夜晚伴随成百上千个孔明灯带着心愿和祝福徐徐而起，快速升空，圣地的探秘之旅落下了帷幕。

搭乘印度尼西亚翎亚航空公司的班机飞到雅加达，于平安夜去见多年好友，古巴驻印度尼西亚大使一家，在海边船上餐厅欢聚，畅谈老友情，笑谈开心事，同庆圣诞，喜迎新年。转天乘坐厦航飞福州，短暂停留，见了一位可以吐心吐胆、志趣相投的兄弟。

身体在泰国苏梅岛获得清净，意识经印度尼西亚的婆罗浮屠得以净化，身心焕发生机后，重逢了阔别已久的国外友人，又见到了心心相印的同路。2023 年最后一个月过得丰满，有意思也有意义，干干净净、清清明明地迎接如约而至的新年。

写于 2023 年 12 月

中东：
文明的十字路口

难忘的以色列创新游学

抵达商业城市特拉维夫——第一天

　　2016 年 9 月 6 日，抵达以色列最大的商业城市特拉维夫，出关超预期顺畅，下榻的酒店就坐落在地中海边。入住稍作休息就马不停蹄地前往 IDC 私立创新大学，开启了以色列创新游学之旅。以色

列不大，IDC 大学却是海阔天空。

先有 IDC 大学的教授精心授课，我等怀着空杯心态吸收。为节约时间，午餐定在校园餐厅，烧制的鸡腿相当好吃。年轻貌美的 CEO ZELL 路演分享，感叹创新领域精英的颜值和智力也能成正比。校园是 15 年前废弃的兵营，今天是以色列独一无二的私立创新大学 IDC 校园创新车间，墙上和桌面上悬挂和摆放着各种小型设备和五金工具。

拉比教授讲述以色列 6000 年犹太历史，世界上绝无仅有的教义，注定优秀、杰出、另类。中国驻以色列使馆科技处李博士欢迎晚宴致辞，在远离祖国的他乡，听到热情洋溢的熟悉的语言，倍感亲切和温暖。

创新正课启动 —— 第二天

酒店的大堂前日还在翻修，今晨就已洁净。晨练后的游子，精

神饱满地期待创新正课启动。教授名李白，虽不会写诗更不擅饮酒，但创新传授精彩。课间提供丰富的小吃饮品，不仅授课还有关怀。中午就餐于海滨餐厅，享受以色列海鲜，大饱口福。

前总统佩列斯先生创办以色列创新中心，94 岁高寿仍心系国家民族兴旺，是位德高望重、睿智可敬的老人。课后海边观赏地中海的美景，张弛有度。海法老城的夜晚，灯火阑珊，静中有动，天地吉祥，夜梦也吉祥。

探访圣城耶路撒冷——第三天

三大宗教伊斯兰教、犹太教和基督教发源地，休息日分别为周四、周五，周五、周六，周六、周日。特拉维夫的清晨，空气清新，云白天蓝。酒店前的教堂精神抖擞，新的一天开始，行驶在 443 公

路上，两边是阿拉伯的城市。以色列修建了 500 千米的隔离墙。

到达以色列首都，米黄色的圣城耶路撒冷，开启新一天的创新游学。

以色列议会有 120 名议员，起源于原有的 12 个部落，来自犹太族、阿拉伯等民族。其中女议员 33 名，比例高于全球平均水平。以色列国徽是七只烛台，议会大厅的座位布置也按此安排。在这里讨论制定国家大政方针，资深外交家 Michael 是前驻美大使、现任外交部副部长，他讲他是以历史的使命来做本职工作，推介以色列，回答提问，并现场拨通他会讲中文的儿子的电话，他通过手机问候我们。

JVP 是全球十大投资公司之一，是以色列最优秀的 VC。其办公室所在的前身是造币厂，看来不只是国人相信基因、相信风水。畅销书《创新的国度 START-UP NATION》联合作者辛格先生观点：创新＝想法＋驱动力＋风险，并提出以色列本身就是个创新事业。

午餐于兮阳大饭店，五位来自东北丹东的大厨，煎炒烹炸，色香味俱全，享用到以色列后的第一顿中餐。在宗教色彩极为浓厚的圣城，也有世界最流行时尚的购物街 MAMILLA。看到古巴正宗高希霸雪茄兴奋不已，一只高达 200 美元让对古巴雪茄情有独钟的我瞳孔大开。大卫塔博物馆位于耶路撒冷古城堡内，灯光秀《夜之炫》展现四千年风雨，远古神话，亲历往昔的故事，见证历史的真相。

立体多维的创新大餐——第四天

地中海第一个犹太人的城市，以色列的商业和金融中心，沉着稳重的高楼，涌动跳跃的喷泉，特拉维夫新一天的清晨。

嫁给犹太人二十多年的林天使导游，每早都专业热情地介绍犹太男孩割礼、女性地位崇高等独特的以色列文化，拉近了与这块土地和人民的距离。创建于 2001 年的 Moovit 公司，提供多种交通线路、实时到达时间、站点位置图等信息，大牌 VC 红杉资本领头投资 2800 万美元，该系统"钱"途光明、钞票滚滚，又有可能成为大概率事件。

以色列首席科学家办公室制度是一种创新的管理模式。据告我国科技部也成立了类似的机构——大国创新既喊也真练。政府的政策导向，配套的融资支持，助推企业在创新中成长。IDC 大学的朱克曼教授讲授物联网＋机器人，我相信不久的将来，现有手机将消失，新的智慧时代就要来临。

FIDO 金融科技公司，成功为非洲地区民众提供贷款服务，只需网上申请，其信用分析方法，值得中国的银行尤其是地方银行借鉴，在中国贷款和放贷双难的当下有参考意义。DiAcardio 心脏超声波的自动化工具提高检测准确度和速度前所未有，是评估心脏功能领域的革命性产品；Boomerang 公司一反传统简单的切除手段，借用"热缩冷胀"的思维，采用基因工程方面的独特技术用于治疗癌症，精准有效，安全无害。

短短 3 个小时，11 家高科技项目路演，领略了以色列处处创新，也足足过了把伪 VC 的瘾。面对千里挑一的项目，倘若口袋里的信用卡可以升舱，真想直接刷卡，一展泱泱大国土豪的万丈豪情。此刻也再次感受到母基金的善巧和伟大。

海边轻松散步，同修把酒临风，两只当地瓶啤 Golden star，陪伴我们度过了难以忘怀的特拉维夫夜晚。把这一天的收获和喜悦回向给大家。

推开这扇门就迎来一片光明——第五天

清晨的特拉维夫处处塔吊，整个城市在不停创建、不断创新。以色列的"双创"整得有模有样，风生水起。

位于耶路撒冷赫泽山上的大屠杀纪念馆是一座正三角形建筑，是为了纪念第二次世界大战中被屠杀的犹太人而建造的。650 万人

惨遭杀戮，是颠沛流离、命运坎坷的犹太民族历史上最黑暗的一幕。世界各地总计 150 万名犹太儿童被纳粹惨无人道地杀害，这些天真烂漫的孩童的在天之灵一定会虔诚地祈祷、期盼、祝福世界和平、人间美好。今天的赫泽山绿树成荫，一片祥和。修来不易的安宁、和谐是居住在这片土地上的各民族共同的追求。

在位于犹大沙漠中的海平线处停车，我们开始用双脚去丈量感知足下大地的高度。在去往死海的途中，椰枣树成行成列，展示了以色列治理沙漠、滴灌技术的世界最高水平。向往已久的死海实际是一个含盐量为普通海水 10 倍的盐湖。位于海拔以下 440 米，是地球上的最低点。海水当床仰天躺下，张开四肢，任其自由漂游。清晰地听着自己的呼与吸，轻松进入寂静和清安。

圣城由西耶路撒冷和东耶路撒冷组成。位于东耶路撒冷中一平方千米的旧城又分成四区：犹太、阿拉伯、伊斯兰和亚美尼亚。供奉"十戒"法柜的圣殿又是城中最神圣的地方。圣殿仅存的外墙残垣便是犹太人祈祷和哭诉之墙——哭墙。

犹太人历史沧桑，民族光荣，阿拉伯人坚强不屈，历史久远，尽管矛盾质疑甚至仇恨依然存在，圣城耶路撒冷本身就已展现了犹太和阿拉伯两个民族正在遵循的既独立又相容的准则。耶路撒冷的原意就是和平之城，愿这片土地上所有爱好和平的人坚信《圣经》所说："推开这扇门，就迎来一片光明。"

安息日的特拉维夫和耶路撒冷——第六天

清晨6点沿着洲际酒店旁的海边散步，顺便瞧瞧谁都醒了。鸟儿们醒后在草地上走来跳去，海滨的路也被晨练男女的脚步叫起，我的目光停留在近在咫尺的地中海。海水又是一夜未眠，不知疲倦地为特拉维夫贡献涛声和浪花，我对大海的热爱和敬意再次升起。

早上以水果青菜垫补，白天享用犹太佳肴、阿拉伯大餐、亚美尼亚美食，用身、口、意三门走近以色列，仅仅五天，脑更圆腰加粗，颜值迅速下降，要警惕因贪吃带来的后果，耳边响起"时刻醒觉"。

前往耶路撒冷的途中，陈老师进行了分享：西方人的思维是先微观再宏观，中国人则多为先宏观再微观，深受启发；刘艳总提出盛景的未来要靠技术驱动，特别是"盛景＋学员"的技术推动，这是高瞻；古莱特刘总已经动手"工业互联网＋"，打造油气网联，这是践行。

橄榄园是耶稣被罗马士兵带走的地方，2000多年树龄的橄榄树见证了当时发生的一切。今天是安息日，路上少见犹太人，今日是游人的天下。园中固定树干的做法充满爱心和责任，是多情的相拥。东耶路撒冷旧城里狭窄热闹的商业街，生活滋润暇意的阿拉伯人，来自世界各地如织的游人和信徒，构成了安息日圣城静中有动的景象。

奥斯曼帝国从1517年至1917年统治这块土地整整400年。教堂城堡依旧，往事繁华已如烟。前来的游客信徒带领自己的儿女在大卫王的雕像前唱诵经文，充满爱和喜悦，在快乐中传承，在感恩中继承。大卫城是大卫王在公元前约1000年为耶路撒冷奠定的基础。同修们跟随导游的解说，了解到大卫城的前世和今生后，为自己的学习振臂高呼！

特拉维夫仅有荣城、中华阁和东海海鲜酒店三家中餐馆。晚上在规模最大的东海就餐，用青岛和当地黑啤祝贺刘老师和陈老师节日快乐！以色列位于欧洲、非洲和亚洲的交汇处，地理位置极为重要。几千年来，被罗马帝国、奥斯曼帝国等走马灯式地光顾和占领。今天的以色列科技发达，军事强大，正是这些明显优势确保当下社会稳定、安全，人们才可以真正享受安息日的轻松和愉快！

我身着印有切·格瓦拉头像的圆领衫，餐后和来自山东的王总在海边漫步，一起陪同来自古巴的阿切领略特拉维夫夜晚的万般风情。

百年修得同船渡——第七天

今天是创新游学的最后一日，早餐后前往以色列的国家名片——NETAFIMA 耐特菲姆滴灌技术公司。以色列是全球滴灌的领

导者。成立于 1965 年的 NETAFIMA 公司，面对以色列极度缺水，攻坚克难，在滴灌技术领域进行了颠覆式创新，截至 2014 年在全球超过 100 多个国家使用，成为行业翘楚。

为什么 NETAFIMA 公司能发展成滴灌领域绝对的第一品牌？长达近四十年聚焦于蔬菜和水果领域滴灌技术的研发，这是其成功的关键所在。在确立了无可争议的领先地位之后才将滴灌技术扩展到玉米、大豆等领域，这是名副其实的聚焦，值得我们中国的企业学习。

滴灌技术是以色列创新最鲜明的代表，也充分展示了犹太民族石上穿洞信念：你只要敢想，它就能实现。以色列之所以成为创新的国度与其全民服兵役的政策有着极为重要的关系。以色列退役准将 Nitzan 先生从军 30 年，曾任步兵和特种兵首长、反恐局局长。他以真实的作战案例讲授：快捷沟通，不断学习，开放的氛围以及及时行动的以色列创新成功的四大要点。将军介绍，在军队开展的科研成果属于个人和军方共同所有，这一明智政策为以色列军事技术迅速转为民用扫清了知识产权的障碍，也值得借鉴。

经过过去七天的创新学习和探索，今天已硕果累累，课程结束，也是创新的开始。IDC 大学的创新精神以及教授们的倾情传授为我们未来的创新种下了成功的种子，感谢教授们，感谢 IDC，感谢以色列！游学就要结束了，同学情更浓了。老师们精心设计的《天使和国王》游戏激发了友爱之情，加深了彼此了解，今天的同

修，未来创新的伙伴，百年修得同船渡，这份情这些爱会伴随我们走很远。

感谢同室的多总教我美篇，我得以每天编写推送些小文供同修们闲暇时回味。送人鲜花手留余香，一不小心还获得游学传播奖章。感谢盛景的用心，感谢同学们的鼓励！正如奖章所言：这里是家的祝福，祝福快乐、健康、和平！

圣城耶路撒冷今夜灯光格外绚烂，离开以色列最后一顿晚餐安排在古城边，让我们再一次亲近这里的精神、历史和文化。师生情，同学谊，都融于这杯中酒。还没离开这块土地，就在餐桌上和刘总开始争论，并非无理，这就是以色列式的沟通。

再见旧城！再见耶路撒冷！永恒的耶路撒冷，圆满的圣城之行。

以色列创新探索之旅何以难忘，是因为与其他旅行不同。游学团超强阵容，由盛景杰出的女 CEO 刘燕总、教师武林第一高手陈勇老师领衔，注定这次游学高水准、高规格、高端大气；JVP 全球前十 VC，以色列第一；海景洲际酒店，顶级中西餐厅；金牌导游林天使，山东学员王老五。

6 年前去过非洲肯尼亚，亲近过大自然；2015 年参访美国的硅谷，知晓啥是 VC，商业的最高境界；刚刚过去的以色列创新游学，领教了什么是 INNOVATION！最后一日游览安排颇具匠心。

凯撒丽雅歌剧院，文化底蕴深厚。当年的大剧院，今天使馆招待会、演唱会场地，往日的风采当下继续呈现。当我把手放在残留的石块上那一瞬间，心便与远古链接，侧耳聆听，1000 多年前的妙音由远及近，仿佛回到了从前。

以色列展示了哪些？我们的收获在哪里？以色列呈现了无中生有、绝地重生的人间奇迹；我们带回这些理念，以为中用，发扬光大。以色列技术＋中国市场及人才＝21 世纪绝佳整合、组合、融合。商业中存在两大苦恼：一是空有武功没有对手，二是找到对手没有擂台。以色列和盛景成功联手、想象无边，将我们这些昔日散兵游勇、乌合之众，破茧成蝶，蜕变成创业创新新军，提供了前所未有的习武和实战场所。

虽有对手和擂台，但若无良好环境，也只能停留在纸上谈兵，沙盘推演。拉宾总理为了以色列的永久和平献出了生命。希望有关部门响应国家创新战略，为企业创造宽松优惠的贷款、税收等政策。

近 40 年改革开放清楚地表明：政策好，市场就会好！企业就好！国家就好！年近九十的老父亲戴上犹太的瓜皮帽，神情自然。对国际大事兴趣浓厚，得知犹太人和阿拉伯人并不是天敌，只是"同父异母兄弟间反目，属于家庭纠纷"时，表情上略表轻松。回到北京马上就开始第一轮的沟通，这是 21 世纪的效率。多总的践行经过以色列游学的加持更加了得，恭喜随喜。茅台好酒，情谊更浓，同学更亲。

我们约定创新征途上风雨兼程，一路同行！

写于 2016 年 9 月

东亚：
近邻的探索

再访平壤　深探朝鲜

7年前的冬日，我首次踏上平壤的土地，是和一位古巴友人同行，当时是古巴驻朝使馆友情接待。四天的行程充满了神秘与紧张，我们无论每天去哪里，都有一辆黑色的轿车默默跟随"保护"。匆忙地东张西望之行，留下的印象不很深刻，但清楚地记得手机要被留在机场，无论天气多么寒冷，风多么凛冽，美女交警也要坚守在路口中央。

这次再访平壤，我确有新的发现。可以从容地、聚精会神地观察进入眼帘的人和物，手机可以随身携带，尽管有的时候没有信号不能通话，但可以当相机用，也算是与时俱进了。人民币可以在平壤自由流通，中国制造随处可见。

访问期间，恰逢 2018 年 7 月 27 日朝鲜战争停战 65 周年，全国上下沉浸在一片举国欢乐之中，气氛浓烈，那几日，凉面成了犒劳功勋老兵们的特供美食。

为什么再访平壤？2018 年 6 月 12 日，美朝领导人在新加坡会面，没有拥抱，确有握手，举世关注。我满怀好奇再来朝鲜，就是想看看半岛的北部这些年有啥变化。到朝鲜自然想到朝鲜战争，九十岁高龄的父亲，当年作为中国王牌军三十九军的一员，亲历了近三年战火纷飞的艰难岁月。他清晰地记得，当时的朝鲜首都平壤，在美军的狂轰滥炸之后，几乎没有一座完整的建筑，可见这场战争的残酷惨烈。

当我站在中国人民志愿军纪念碑前，向长眠在这块土地上的共和国英烈默哀时，感恩的泪水夺眶而出。正是朝鲜战争的胜利，才保证了我们国家拥有了 60 多年的和平，人民方能安居乐业，才有今天改革开放的成就。这些为国捐躯的英雄将士们是中华民族最优秀的儿女，是那个时代最可爱的人，值得我们永远怀念。

1950 年，我国的钢产总量仅为 61 万吨，同年美国是我们的 144 倍，达 8785 万吨，天壤之别。即便国力如此悬殊，但 2 年零 9 个月的浴血奋战，中国人民志愿军终以简单装备打败了以美国为首

的，拥有现代化武器的 18 个国家的"联合国军"，书写了世界战争史的奇迹，也使近百年中国人民真正重新树立起民族自信。

在朝鲜战争最残酷的时候，美国曾扬言要像在日本战场一样使用核武器，毛泽东的回应是："你打你的原子弹，我打我的手榴弹！"这种大无畏的英雄气概今天仍能让人感受到它的荡气回肠。对于中国而言，抗美援朝，保家卫国始于鸭绿江，结束在三八线军事上，这是无可争议的胜利。

经过 40 年的改革开放，今天的中国已经成为世界第二大经济体，面对美国的遏制、打压和霸凌，我们同样要有战胜一切挑战的坚定勇气和信念，坚信最后的胜利一定属于不屈不挠的中国。

步入平壤国际机场航站楼，我感受到了七年的进步，原来的简陋变成整洁亮丽，安检虽严格，但有序有礼。考察期间，特意关注路上行人的面部表情，他们的脸上并没有西方媒体描述的那般愁苦。每天正餐菜肴丰富，饭店几乎都有表演助兴，我等大饱口福和眼福。朝鲜姑娘们的才艺一流，长相甜美标致，多能讲汉语，中文歌发音标准，字正腔圆。更为难得的是专业、职业和敬业，每次为我们一行 20 余人演出十分投入，如同面对成千上万名观众。

朝鲜全面实行免费医疗、教育和住房，虽然收入有限，手头不宽裕，但生活的压力不大，综合幸福指数不低。没有机会走进朝鲜医院，但六天里接触的酒店服务人员、外事侨务工作官员以及导游领队等，可以看出每一位的牙齿都经过了精心修整，整洁又整齐，一点不逊色于我们的一些公众人物。这表明朝鲜的口腔医学有相当的水准，对外公关形象的重视具有国际视野，大大出乎我的意料。

在朝鲜首都平壤的路上，可以看到多种中国制造，如比亚迪、哈弗、吉利等，令人倍感骄傲。街头也有一些欧美日品牌汽车，可总体机动车保有量不多，整个城市交通井然有序，有轨电车、公共汽车各行其道；市区里自行车道与机动车道用树木或草坪隔开，确保人身安全，体现了政府对市民的关怀。城市治理严格规范，几乎所有的阳台上摆放的都是五颜六色的鲜花。整个城市，建筑虽不高档，但洁净清新，如果有人违反规定，晾晒短裤、内衣等有碍观瞻的物品，将会面临严重后果。

六天里，我这两只双眼皮的大眼睛不停地扫描，也没发现街上有人扔废纸、丢烟头。十二年免费教育，整体国民素质之高，同样也超出了我的预想。平壤和新加坡城都是亚洲以整洁而著称的城市。新加坡的高额罚款成就了洁净，平壤的严格管理也造就了整洁。社会制度不同，但这两个国家都是有管理有秩序的国度，国民同样有教养守纪律，遵守公共道德，履行公民职责。两国殊途同归，新加坡的严峻刑罚是少有匹敌的，连乱扔废弃物、在公共场所吸烟、不冲公共厕所也要被重罚，此外还要被起诉，严重违法者还有鞭刑伺候。朝鲜也同样有要求，前往朝鲜观光旅游考察的亲朋好友需要特别注意，不可拍摄军人、军事设施等，不允许拍照的人和物就不能举起相机，一旦违反后果很严重。在朝鲜逗留期间务必听从组织方

的安排，不要随便流窜走动，因为你不知道什么地方不允许造访。

中国 2017 年 GDP 为 122427.76 亿美元，朝鲜 2017 年 GDP 为 285 亿美元。中国科学技术馆新馆占地 4.8 万平方米，建筑规模 10.2 万平方米；朝鲜国家科技馆的设施完备，规模也在 10 万余平方米以上。两国的 GDP 相差 430 倍，但国家科技馆的规模旗鼓相当，足见朝鲜对科学的渴望，以及对儿童和国民科学教育的重视。日本统治期间的工业大多在朝鲜，朝鲜战争后，在中国和苏联的援助下，经济得以快速恢复发展，平壤拥有世界上最深的地铁——110 米，机车 80% 实现了电气化，制造业、化工、纺织等有一定基础。20 世纪 60 年代经济水平在韩国之上，今天虽然有美国的制裁和封锁，经济受到严重影响的确不发达，在我看来，朝鲜不可算在贫穷之列。

此次平壤之行，我用心观察，深探朝鲜的当下。了解到，由于美国的封锁和联合国的制裁，他国资金和设备等无法进入朝鲜，国内有志投资之士还需等待。但朝美关系缓和后，朝鲜的战略重点已转到经济发展上来。作为邻国，我们需提前做出准备。一步先一路先。在平壤、开城和板门店等地考察期间，感受最为深刻的是朝鲜的爱国主义教育深入人心。朝鲜人民对国家和民族的无限忠诚和热爱，切切实实能看到万众一心、众志成城的力量。

人民是改造世界、创造世界最重要的力量，祝愿祝福朝鲜的明天！

写于 2018 年 8 月

当下的蒙古国

从北京飞到乌兰巴托仅需两小时，可从关注蒙古到成行，却跨越整整三十年。清晰地记得 1989 年，我时常和当时东德一家公司驻北京代表处首席代表门策尔先生会面。这位年约 50 岁、个子不高、头发稀少的德国人守时如钟暂且不谈，他博学多识让人钦佩。他不仅汉语流利还精通古文，更让人惊讶的是，有一天得知他还通晓蒙古语。门策尔先生钟情蒙古的缘由不得而知，可从那时起我就萌生了要去蒙古国看一看的念头。

岁月如梭，因缘成熟，上周终于如愿以偿地踏上了期盼已久的蒙古大地。对于中国人和蒙古人来说，两国彼此都是一个特殊的存在。1911 年辛亥革命爆发时蒙古从中国分离出去，但当时未得到承认，直到 1921 年在苏联的支持下取得事实上的独立地位，1946 年，当时的中国政府正式承认其独立地位。

历史上蒙古帝国的疆土曾达 4410 万平方千米，当下的蒙古是被中国和俄罗斯两国包围的一个内陆国家，面积 156.65 万平方

千米。人口 318 万，是世界上人口密度最小的国家。1206 年成吉思汗建立大蒙古国，1271 年他的孙子忽必烈建立元朝，97 年后，1368 年元朝灭亡，蒙古人退回蒙古草原。17 世纪，中国清政府统一了蒙古诸部，至此蒙古全境纳入中国中央政府管辖。

8 月 28 日，上午 9：30 搭乘蒙古航空公司的班机从首都机场起飞，11：30 抵达乌兰巴托机场。提取行李后前往约 13 千米远的成吉思汗酒店，出乎意料的是这段不长的路程整整行驶了 3 个半小时。那天的拥堵程度达到世界水平，远超首都北京之堵。据在场的且常去蒙古的朋友说，他也是多年未曾遇见，从机场通往市区的道面不宽，车辆又多，严重的拥堵进一步造成现有交通设施不堪重负。城市交通亟待治理是蒙古上下的一致共识，听说日本援建的、距市区 35 千米的现代化机场已建好正在调试，中国帮助建设的机场高速也已通车，新机场明年就能启用，类似的拥堵或许会成为历史。

入住成吉思汗酒店，放下行装先作休息。晚 7：30 左右乘车前往一家蒙古大营式饭店，一座座蒙古包便是一个个包房，代表团抵达时已有美酒相迎。进入包房前，每人先饮一杯由身着民族服装的高挑美女送上的迎宾酒，入座后年轻的服务生先为每位呈上一盘蔬菜沙拉，片刻后又送上地道香醇的奶茶，接下来就是蒙古伏特加和大块的牛羊肉。

蒙古人好歌舞、酒宴，欢庆进行中专业演出队弹奏民族乐曲，女歌手柔情吟唱，杂技艺人展示软功，蒙古包内充满了欢快悠扬的歌声、乐曲声与敬酒声。蒙古包内挂满了普京、埃尔多安等多国和世界组织领导人的照片，显然这里经常接待国内外政要。

乌兰巴托加快了城市建设的步伐，正在向现代化旅游城市进发。市区和郊外大型塔吊到处可见，不久的将来，其城市面貌将会焕然一新。现政府采取更为开放开明的政策，张开双臂拥抱来自包括中国在内的国外投资。为确保关系到国计民生的战略项目顺利实施，蒙古国开发银行予以部分配套资金。

市长 Amarsaikhan 先生在欢迎代表团致辞时说：蒙古国最大的优势是位于世界上的两个大国中国和俄罗斯之间。这将最大劣势转化成最大优势、变被动为主动的独特思维视角，将有助于蒙古国更加务实地开展国际经贸合作。蒙古目前奉行永远中立国政策，意在长袖善舞，平衡于各大国之间，以求得国家利益最大化。此次乌兰巴托之行的主要目的是实地考察市场、找寻商机，探究进入蒙古市场的策略。

在蒙古的五天里，拜访了市政府、蒙古国家开发银行、与长期在蒙古深耕经营的新加坡傅氏集团，以及当地的乌市客运公司等进行了充分深入的交流。来自新加坡的傅先生介绍在蒙经商心得时强调：寻找合作伙伴特别重要，需慎之又慎。管理当地员工特别需要注意的是不能允许当地员工在工作时间喝酒。酒后工作会很危险，对此常年穿梭于中蒙俄三国之间、从事文化体育传播的关先生也予

以证实。关先生讲，有一次他的几个蒙古朋友足不出户连续喝酒近一星期，如此畅饮想必十分快乐，可留给工作的时间自然就少了。

蒙古的市场商机在何处？看看捷足先登率先进入的日韩德美品牌就一目了然。丰田、本田、大众、奔驰、现代等汽车 4S 店已存在许久；汉堡王、肯德基连锁餐厅也入驻了这座城市；E-mart 韩国超市、中国餐厅也出现在乌兰巴托的街头巷尾。对一个大力推进城市化的草原国家，各种商机客观存在，等待挖掘。

如何开拓蒙古的市场？只有诚实守信，遵规守法，用产品和服务赢得市场和顾客。17 年前就来到乌兰巴托经商的一位姑表妹夫，正是凭产品说话，靠创新经营，在激烈的市场竞争中站稳了脚跟。更为重要的是要有品牌意识，大品牌不仅百姓民众喜欢，当地政府也会把它视为贵宾，因为这些品牌会给城市增光添彩。令人可喜的是，近年来越来越多的中国企业和企业家用真诚的服务、高质量的产品赢得了蒙古民众的信任，对中国友好的蒙古人也逐渐多了起来。这次为代表团提供接待工作的几位蒙古朋友非常友善热情。据报道 2018 年中蒙双边贸易额 79.9 亿美元，同比增长 24.7%。

蒙古是一个什么样的国家？常有人说蒙古是一个非常穷的国家，对此不能苟同，至少表达得不十分准确。乌兰巴托市人口约 150 万，汽车保有量达 50 万台，尽管多为进口日韩的二手车，但也平均三人一辆车；蒙古的煤、铜、金、稀土等矿产资源极为丰富，虽然正在开采的不算多，可即便如此，也已经为蒙古创造了巨大的收入。星级酒店、大型超市、国际连锁餐厅常见于城市的街头。在市中心苏赫巴托广场周围几千米半径内，林立的现代化摩天大厦是这个人口小国、资源大国正在走向富裕的标志。蒙古目前比较集中的问题是贫富悬殊，城市基础设施落后，道路交通亟待改善，工业基础薄弱。当下的蒙古是一个资源富饶，但经济发展尚不富裕、仍处于欠发达状态的国家。城中心已具现代化城市雏形，五星级酒店、高档商场一应俱全，不过四面山坡上又挤满了平民百姓低矮的棚户房，据说该市约70%的人居住在那里。区内道路狭窄，房屋破旧。国家矿产资源极为丰富，矿产主、建筑商、高官富裕，国家却没有强盛，我们入住的酒店据说就是前总理现任议员所拥有。

蒙古又是一个实行免费医疗和教育且开放的国家，日本、韩国、德国、新加坡等抢得先机，稳扎稳打，精耕细作，步步为营，在蒙古已取得不俗的业绩。中方企业尽管近年呈现增长势头，还需要通过诚信守法经营管理，消除前些年部分不法商人欺骗行为造成的不利影响，同时虚心向日韩新等国的企业学习，立足长远，精心规划，脚踏实地地打造属于自己的品牌。

写于 2018 年 9 月

离我们最近的发达国家——韩国

　　受好友之邀，上周前往韩国参加一论坛。2017年转机曾到过首尔机场，但从未走进这个与中国同属东亚的国家。三个月前我还访问了朝鲜半岛的北半部——朝鲜，一想到能访问半岛的另一半，北瞧瞧南瞅瞅，把全岛看遍正好圆满，故欣然前往。

　　短短几十年，韩国何以成为"亚洲四小龙"之一？为什么在仅有5000万人口、基础薄弱、资源贫乏的国度出现了三星、现代、雪花秀等世界级品牌，成为亚洲的四个发达国家之一？偌大中国常常有"韩流"来袭的原因？五天四晚的观感和所思与好友们分享。

　　从北京搭乘韩亚航空公司的班机前往金浦，开始了满怀期待的韩国之行。空中飞行仅一个半小时，一想到比飞上海还近，顿感全球村定义精准，国际视野瞬间变得宽广。

此次活动的主要地点是韩国京畿道仅有 44 万人口的议政府市。接待方主人、市长安炳龙先生约 45 岁，身材匀称，不高不矮，讲一口不很标准但热情洋溢的汉语，他永远微笑的脸传递着对华的友好，言语中表达出对半岛永久和平的渴望和全力发展经济似火的热情。作为一名市长，勇于担当接待员、服务员、推销员、讲解员等，全心全意，倾情投入，令人赞叹。地方官员使出浑身解数，竭尽全力地推销城市。韩国能发展成发达国家，这些官员的全情付出，功不可没。

历史上朝鲜半岛曾长期作为中国的藩属，韩国人对此不愿提及和承认，但又坦言受汉学影响巨大。佛教和儒教先后传入半岛，韩国人传承并发扬，故有"明看韩国，唐看日本"的说法。当韩国成为发达国家后，对中国及汉字影响的担忧加深：汉字词曾占韩语总词量的 70%，古代的汉字词比例更高，中华文化在韩巨大的影响力会降低韩国的民族感，故韩国政府加快了去汉化的进程。从1970 年开始去除教科书中全部汉字，2005 年又将首都的名字从汉城改为 Seoul 首尔。一天早上，我在酒店周边散步，竟在一街边看到一块大石，上面刻有汉字词的韩文"祖国의未来 青年의责任"，这种有着深刻中华烙印的牌碑石匾已是稀有。积极吸收中国文化的同时不断使其本土化是韩国文化的一大特点。

韩国的文化受中国影响十分明显，其太极图国旗便是最鲜明的

例子。虽然如今在首尔等地的大街小巷已难以再见张贴悬挂的汉字，但博大精深、底蕴深厚的中华文化对韩国的影响依然深远。随着中国的再次崛起，在世界范围的影响力增加，现在越来越多的韩国人留学中国并以能讲汉语为荣。已是发达国家的韩国对中华文化都推崇依旧，我们中华儿女更要倍加珍惜，做到文化自信，担负继承责任并将其发扬光大。

韩国从不发达国家发展成为世界科技和制造强国，位居"亚洲四小龙"之首，创造了人类发展史上的奇迹。1953—2016年，中国 GDP 增长了 354.7 倍，而韩国则增长了 1085.5 倍，近 3 倍之于我国。2017 年，韩国的 GDP 生产总值 1.5 万亿美元，位列世界第十一位，人均 GDP 为 3 万美元，约是我国人均的 4 倍。

这次到首尔，没有时间走访企业，只能用双眼捕捉点点滴滴的先进。每天在公路和高速上行驶，发现路两边出现的玻璃隔离墙，是我行走世界各地所见最讲究和最有设计感之作，细微之处体现先进和发达。其实，一个国家发达与先进最后表现出的是思想的超前和观念的领先。同样是玻璃隔离墙，因观念理念的不同，造出的产品便有很大差距。

在首尔的第三天晚上，独自在周边散步，发现离酒店百米左右有灯光闪烁，走近一看是一间餐厅，门上贴有 CCTV，顿感亲切。烤肉馆老板略懂英文，热情迎客，问有何需要。我答：来点韩国酒喝。他推介后便选了最烈的一款烧酒，既来之就品之。得知我已用过晚餐，老板大方地送了纯花生和卤花生各一小碟，外加一小盘蔬菜沙拉，我倒了杯酒，和他攀谈起来。先问餐厅和CCTV有何瓜葛。他随口答没有，还说韩国到处都有CCTV。我想厉害了我的CCTV，可再细聊，明白了我说的CCTV非他的CCTV。我说的是中国中央电视台，他说是Closed-Circuit Television闭路电视监视系统，也简称CCTV。恍然大悟，长知识。接着品了几杯所谓浓烈的韩国烧酒，付了酒款，留下小费后心满意足地离开。

站在酒店前的街边，重复很多人已经做过的统计功课：数街头韩国汽车的品牌构成，结果依旧。每十辆汽车至少八辆是闻名于世的现代、起亚、双龙等韩国民族品牌。我国的汽车行业近来有长足的进步，有全球最大的市场，却少有真正成熟的自有品牌。前段时间报道一汽又获得多家银行共一万亿元人民币授信额度，当下中小民营企业家渴望贷到款的口水已汇流成河，但一些大型企业获得大量资源却未能充分利用，这些大企业如能为国家打造出可以匹敌现代，哪怕起亚、双龙等的品牌，国人都会为之自豪，欢欣鼓舞。可惜至今仍看不到一汽的希望，因其缺失精准的品类战略和产品战略，要想成为大国重"汽"，路途实在遥远。一汽要低下头来虚心向优秀的外国车企和优秀的国内民企学习。资料显示：现代汽车2017年利润310亿元人民币，长城汽车50亿元人民币，一汽轿车仅利润2.81亿元，差距不是一般的大。

口号喊得太多，就没有足够的精力和体力脚踏实地；不遵守自

然规律和商业规律，无论投入再多广告，一汽大众、一汽奥迪的品牌永远属于德国。一旦合资期限结束，一汽与大众、奥迪分离，只剩下"一汽"，至多是企业品牌，没有产品品牌。而当今商业社会的竞争单元是产品而不是企业，如那时一汽还坚持卖"一汽"，就只有卖企业了，这让早于韩国现代14年建厂的共和国长子情何以堪？一汽要卧薪尝胆，要为国家、为民族、为自己争一口气！

第一次去首尔就体验了两个机场，韩国出行要注意，首尔有仁川国际机场和金浦国际机场。其中，仁川机场的T1和T2航站楼相距比较远，要仔细看清楚。韩国第一美食泡菜，世界著名，可放心品鉴；韩国烧酒是一种酒精度数为18~22度的清酒，建议浅尝，口感和中国的白酒、欧洲的洋酒大不同。

发达国家是指人均GDP较高，技术较为先进，生活水平较高的国家。"众里寻他千百度，蓦然回首，那人却在灯火阑珊处"。发达国家离我们最近的距离是从北京到首尔飞行1小时30分钟的距离。中国正在重新崛起，正在为成为发达国家而砥砺前行。但我们必须一步一个脚印，踏踏实实，有序前行。先追韩国，再赶日本、德国等，最后对标美国。韩国已经先行一步成为发达国家，时不我待，我们要马不停蹄，奋起直追，迎头赶上。

写于 2018 年 11 月

日本六天考察的酒后真言

　　六天日本之行，从东京至长野，再到箱根，意在探究日本当年如何成功应对美日贸易摩擦。作为世界上最发达的国家之一，日本的企业如何实现健康经营？日本全球人均寿命最长奥秘何在？超高的汽车保有量，不宽的街道和高速路，为什么能做到一路畅通无阻？在日期间，一日三餐皆为日本料理，夜晚畅饮清酒烧酒，酒后的真言和感慨，都向亲朋好友一一倾诉。

　　野村综合研究所是亚洲领先的、全球知名的智库，该所高级咨询师、日中产业研究院院长松野丰先生的《日本的产业政策与结构转型》演讲，全面且深入。从日本经济的发展及与现代中国的比较，到日本1950—1970年的产业政策；又从日中企业的全球化对照，再到对中国产业政策的建议，充分展现了一位学者的严谨与专业。日本每隔10年进行一次产业结构转型，不仅化解了当年美日贸易摩擦

造成的巨大压力，更助力日本突破了"中等收入陷阱"，成为世界最发达的国家之一。同属亚洲国家，我国正在经历和日本当年类似的经济周期，其经验和对策值得研究和借鉴。

日本企业普遍的经营理念是：员工第一，客户第二，股东第三。企业大多信奉只有坚持实现他人的利益，自身才会繁荣的经营思想，有佛法中利他的意味。日本企业一般多采取无负债经营，现金流充裕，抗风险能力强劲。在 2008 年全球金融危机期间，各国众多企业纷纷倒闭时，日本鲜有公司破产。企业应如何适应时代变化呢？日本企业的策略是不生产和同行业一样的产品，否则将陷入"价格战"，这也是日本企业的一种坚守。日本企业无论大小，都特别注重科研的投入，少则 10 年、20 年，长则 50 年的基础技术研发，追求基础技术直到极限。日本的东丽株式会社在纤维领域长达 50 年的投入，使它生产的碳纤维成为全球唯一一家波音 787 机型和新机型 777X 的机身材料供应商，独步全球。

日本是当今世界企业国际化最成功的国家之一，吉田工业株式会社（YKK）是全球毫无争议的拉链行业鼻祖，以高出同行业 10 倍价格坐拥全球 50% 的市场份额，在国内拥有 21 个分支机构，且在海外 73 个国家设有 90 个分支机构。全球第一大碳纤维生产商东丽株式会社牢牢掌握着世界高端碳纤维的市场份额，在国内设立 100 家公司，在境外 26 个国家设立 157 家企业。

随着中美贸易摩擦的不断加深，越来越多的中国企业将主动和被动地走向海外。可以预见，在不远的将来，在"一带一路"共建国家和地区将会出现更多的中国企业，这是历史的必然。当年迫于美国贸易制裁的压力，日本企业加快了进军海外的步伐，今天我们也要顺势而为，实现中国企业的"走出去"。

从东京到长野日本全境高速公路两旁未见一个广告牌竖立，司机的注意力和视线不受丝毫干扰。少了眼花缭乱、形式各样的广告牌，没有影响日本众多世界级品牌的打造，人的生命安危被放置在首要位置。日本舍弃了极少数企业的商业利益，把高速路上驾驶和乘车人员的生命安全放在重中之重，这一点值得我们学习和借鉴。人身安全是每个公民最基本的要求，为此建议我国高速公路道路两侧禁止设立广告牌。可将商业广告竖立在服务区内，既便于人们轻松观看，也有利于企业进行商业推广。

在日本羽田机场办理登机手续处，托运行李的传送带紧贴地面，乘客不需用力提起行李箱，直接就可以推上。这样的设置不需要科技攻关，只需把乘客放在心中就能实现，希望国内新机场的修建和老机场的改造也能有类似的设计。机场男厕小便处安装的金属小挂钩，解放了先生们的双手，确保方便时真的方便。入住酒店时发现电梯的一角里放置一张小凳，方便老弱病残人士。点点滴滴，尽显用心、贴心与暖心。以人为本，关爱为怀，细致入微。

20 余年前，我就问过在东京常驻的一位老兄：日本人为什么长寿？他笑着调侃地回答：每天喝大酱汤。这次在日期间我不停问询

多位友人同样的问题，总结归纳出日本人长寿的六点原因：生活安居祥和、空气清新宜人、环境舒适愉悦、饮食清淡营养、常泡温泉养生、注重定期体检。

参观了生产食品的伊纳公司和生产养生品的喜乐多，细细观察每餐的日式料理，发现对入口的三餐食物，日本做到了精心科学搭配，潜心专注研究，高度重视食品质量，善待呵护自身身体，如此一来，长寿也就成了大概率事件。另外，日本人普遍早餐不吃面食，只吃少量米饭，故胖人不多。日本料理或许少了些美味，但收获了健康和长寿。

日本全境拥有 7600 处温泉，来日本若不泡几次温泉，就如同没有畅饮地道的清酒烧酒，旅行接待方算是没有尽到地主之谊。箱根地区温泉酒店随处可见。泡温泉时如何穿浴袍和系腰带有特别的规定，务必高度留意：男士穿法是左衽压住右衽，即左衽在外右衽在里，若穿反了，他人看见会大惊失色，以为你来自从阴间，因为右压左是升天时的穿法。腰带系法男士随意，女士浴袍穿法相同，但腰带系法要格外小心，系成蝴蝶结可以系在腰的左、右、后三面，千万不可在前面，因为只有特殊职业的女子采用正面蝴蝶结。穿袍有风险，系结需谨慎。

日本女性平均寿命 89 岁，男性 87 岁，20 岁才算成年，20～50岁为青年，50～70 岁为中年，70 岁以上才为老年。日本法律严格规定 20 岁以前不允许吸烟和饮酒，也就是说 20 岁以下替老爹打酱油可以，买包烟、购瓶酒就是违法。因为长寿，老人们经常会在许多岗位发挥余热。

同行的陈总在劳顿了一天后，为自己和室友电话约了一个酒店里的按摩服务，想放松一下，结果令他们意想不到的是，出现在他们面前的女技师的年龄估计超过了他俩年龄的相加总和。

高度发达的工业国家，同样有柔情。日本人热爱樱花，樱花象征热烈纯洁高尚。2000多年前，樱花已在中国宫苑内栽培，唐朝时，樱花已出现在部分私家庭院。当时万国来朝，日本朝拜者将樱花带回，至今已有1000多年的历史。与大多数花不同之处在于樱花是在最绚烂灿烂的时候凋落，果断离去，不污不染，壮丽凄美。

年轻时留学日本的周恩来总理曾赋过诗一首："樱花红陌上，杨柳绿池边。燕子声声里，相思又一年。"此行不是樱花时节，来年再来东瀛赏花。

人已回国，思绪还萦绕着日本。中国人也想长寿，我们的企业也要成功实现国际化，中国也要成为一个发达国家。正如古人所说："他山之石，可以攻玉"，日本的一些经验值得借鉴，其教训也要吸取。

今天，美国凭借美元霸主地位，对包括中国在内的国家进行无端打压。"好风凭借力，送我上青天"。随着"一带一路"伟大构想的逐步推进，我们可以借力中美贸易摩擦，推动国家产业结构的调

整与升级，加快企业国际化步伐。万众一心，上下同欲，丢掉幻想，坚定产品升级和品牌打造，坚信在不久的明天，中国一定会成为一个发达的、有自己特色的强国。路就在脚下，我们就出发。

写于 2018 年 9 月

优惠政策吸引投资　专业服务保驾护航

  与昨日有所不同，今日需身着商务正装，只因上午要前往市中心参观泰国投资促进委员会（Thailand Board Of Investment，简称BOI），下午则要参观全球最知名的四大会计师事务所之一——毕马威（KPMG）。怀揣着对政府部门的尊崇以及对世界大公司的敬仰，换下休闲装，穿上庄重服饰，以空杯心态前往。BOI与其他国家类似部门的差异在于，它直属国务院，而非受商务部领导，足见泰国政府对促进外商投资的极度重视。

  BOI中国事务主任吴永泉先生曾在北京留学并工作多年，中文极为流利。一谈到泰国的投资政策，便滔滔不绝，如数家珍。对潜在投资者，他进行了耐心且细致的政策讲解，吴主任还在现场认真

地回答了有关技工招聘、钢企投资、酒店开发等问题。在讲解政策和答疑过程中，现场的 BOI 工作人员耐心地做着记录，尽显其敬业与专业。据介绍，中国在泰国的投资奋起直追，2016 年已跃居第三位，加上排名第二的中国香港，投资总额超越了目前排名第一的日本。出于对迅速发展的中国企业的高度重视，同时为了提供及时、有效、周到且快捷的服务，BOI 在北京、上海、广州三地设立了办公室。

为吸引更多企业前来投资，泰国政府制定了一系列激励政策，包含十五年甚至无限期减免所得税等优惠举措。其中有一条，入驻工业园区以及经 BOI 核准的企业，能够拥有企业 100% 的公司股权，这乃是泰国现行法律法规下最为优惠的政策之一。为简化注册咨询流程，BOI 专门设立了一站式服务中心，将二十个相关部门汇集一处。一上午的座谈会让我们一行十七人深切地感受到了泰国政府部门的贴心服务。姜胜总大为感慨道："这哪里是政府部门，简直就是一个纯粹的服务机构，这与国内当下形成了鲜明对比。"

午饭后，我们参观了 KPMG——毕马威（泰国）。KPMG 目前在泰国 1000 家大公司的业务份额中占比 29%，远超其他机构。来自台湾的合伙人张纯怡小姐在介绍毕马威时自信地表示："有太阳的地方就有毕马威。"KPMG 泰国有超过 1500 位专业人员，在全球 155 个国家拥有超过 174000 名专业人士。来自上海，现为泰国毕马威中国业务发展中心副总监的杨逸然先生，从泰国近年并购活动概览、泰国的投资机会、泰国国内以及海外投资概况等方面进行介绍，同时指出泰国是一个产业结构稳定合理、失业率较低、投资环境良好、发展较为健康的国家。

有中东、中国香港和泰国三地税务筹划咨询师资质的 Angel Lee 从税务研判等环节，提醒投资者如何分析风险、进行财务税务规划，同时强调要尊重法律文化差异，遵循游戏规则，在进行任何投资时做好市场调查。来自新加坡毕马威、到泰国出差的周美玲，熟悉贸易和海关事务，临时友情出场，简洁明了地回答了从中国内地、中国香港、新加坡投资泰国哪一个更优的问题等。短短 3 小时，毕马威团队成员纷纷亮相，展现出训练有素的专业素养，是一支素质高、效率高、颜值高的年轻有为的团队。

上午 BOI 从宏观和政策层面详尽地介绍了投资优惠政策，下午 KPMG 从操作运营的角度阐述了如何做好在泰国的投资。今日，我们亲身感受了泰国政府机构的贴心服务，也领略了国际大牌公司毕马威的专业水准。亲眼见证泰国优惠政策吸引投资，专业服务保驾护航。

写于 2017 年 2 月

丝路之外

——环球视野下的多元世界

世界很大　中国最好

　　实在记不清这是第几十次来多伦多了，这座加拿大第一大城市兼安大略省省会，宛如我的一位旧友。抵达帕尔森国际机场后，不劳友人接机，我轻车熟路乘坐穿梭巴士，仅五分钟便入住了距离机场两千米的希尔顿酒店。

　　1998年第一次来多伦多，机场周边服务设施之完善，当时就领教了老牌资本主义的先进和发达。多伦多是著名的多元化的国际大都市，已连续多年被联合国人居署评为全球宜居、富裕、安全的城市。位居全球领土面积第二的加拿大，地理位置得天独厚，与亚洲、欧洲及中东不同，它远离地区领土纠纷宗教冲突等，国家繁荣稳定。或许是意识到国家需要更大的创新和活力，近年来加拿大民众选出了一届比一届年轻的总理，现任帅哥总理贾斯廷·特鲁多就是一位"70后"，与耶稣同一天生日。

　　从多伦多直飞多米尼加的旅游胜地蓬塔卡纳，再驱车约3小时到达首都圣多明各。这是第六次造访此地，依然是兴趣盎然，这个城市有太多美好值得去亲近。圣多明各是北美洲最古老的城市，树木葱郁，芳草如茵，风光旖旎，气候宜人。每天都有多个航班从圣多明各直飞美国迈阿密和纽约等。

到了迈阿密，自然少不了好友相伴。每次入住酒店后的保留项目就是由当地的兄弟选一家上佳餐厅，品尝美味佳肴，这一次也不例外。酒逢知己，开怀畅饮，尽情享受和煦的海风。夜光美酒，迈阿密不愧是名副其实的国际性大都市，花花世界，娱乐业高度发达。在金融、商业、媒体和国际贸易等方面也占据重要地位。

迈阿密还被称为"美洲的首都"，这里西班牙语更通用，懂西语的朋友在这会更如鱼得水，全球富豪更是云集此地。特朗普总统的海湖庄园就位于佛罗里达州迈阿密的棕榈滩。当今世界，许多人认为特朗普有些不靠谱，人云亦云，就像普通股民一样。美国优先，重振美国，其目的就是想在未来继续充当比以往更加强健的世界警察，这一点特朗普心知肚明。当今天下能写出 11 本著作的商人寥寥无几，特朗普便是其中之一。他于 2004 年推出的真人秀《学徒》是 NBC 播出史上创造了最佳收视率的节目之一，为他聚集了大量的人气，实则为做总统做铺垫，竞选时他又深知竞选是选票之争而非治国理念之争。利用有争议的话题，掌控约 40％ 选票，让党内其他 10 余候选人瓜分剩下的 60％，颇有田忌赛马的智谋。著名得沃顿商学院培养的是谙熟营销战略的人才，特朗普是其中杰出的毕业生代表。谁认为特朗普不靠谱，或许他自己才不靠谱。

从迈阿密飞哈瓦那仅需约 1 小时，自 1989 年 7 月第一次踏上古巴这块土地至今，已过去 29 年。日转星移，岁月如梭，哈瓦那是国外我最熟悉的城市，多年的好友、雪茄、朗姆酒、拉丁音乐、老爷车、城中唯一有着略咸海风的高尔夫球场。不敢说对哈瓦那了若指掌，有好友来旅行，做个司机兼导游，不敢保证能让人乐不思蜀，也能做到让人流连忘返。对于我而言，每次工作访问也是一次度假休闲之旅。

1959 年古巴革命胜利，至今已有 59 年的历史，能在美国眼皮底下让社会主义存续如此之久，实属不易。政局保持长期稳定，卡斯特罗兄弟不仅治国有方，还颇具外交和政治智慧。不过实事求是地讲，当下古巴经济不尽如人意，需要更好的治理良策。三天古巴之行后原路经迈阿密返回圣多明各，略有折腾，商旅生涯，乐在其中。

2 月 11 日早餐后，驱车从圣多明各沿着高速公路驶向多米尼加的旅游胜地蓬塔卡纳，一路风景一路观赏。外地车辆进入景区需登记车牌才可驶进，管理严格，以确保游客人身安全。海边微风轻拂，犹如技艺纯熟的按摩师，让全身肌肤同时放松，全然休息之后，搭乘 Tansit 航空公司的班机飞往多伦多。

两周四国之行，亲见世界头号强国美利坚依然相对先进强大，北美大国加拿大稳健有序，加勒比小国多米尼加勃勃生机，拉美唯一一个社会主义国家古巴政局稳定，但经济有待改善。短短 40 多年的改革开放，我国已经成为世界第二大经济体，综合国力排在世界前列，雾霾和腐败越来越少，蓝天和清廉越来越多。"一带一路"举世公认，今天我们又步入了新时代，国家充满新希望。过去的鸡年，行走各地东张西望，眼观六路耳听八方，世界虽大，中国最好。

写于 2018 年 2 月

美洲篇：
新大陆的新面貌

美国：
多元创新的土地

洛杉矶机场为什么流畅？

在全球航空运输业蓬勃发展的今天，机场作为连接世界各地的重要枢纽，其设施与服务的质量对于旅客的出行体验有着至关重要的影响。美国的机场多数给人一种略显陈旧的印象，洛杉矶机场也不例外。可当我走进洛杉矶机场时，感受到特别的流畅，有着许多可圈可点之处，值得深入探究与借鉴。

洛杉矶机场的安检系统堪称设计精巧的典范。其前端行李台呈独特的 L 形布局，两段各约 15 米长。这样的设计为乘客提供了充裕的时间和空间来提前取出诸如电脑、充电宝等需要单独检查的物品。乘客能够有条不紊地排队通过安检，整个过程流畅自然，基本不会出现拥堵的状况。相比之下，国内机场的安检前端行李

台长度仅有 2 米左右。这一短的设计使排在第二名之后的乘客根本无法提前做好准备工作，大量乘客只能在行李检查处聚集拥堵，极大地影响了安检效率。倘若能将行李台的长度设置在 10~15 米，这种人为造成的拥堵情况必然会得到大幅度的改善，安检流程也将更加高效有序。

换汇处的位置安排更是体现了洛杉矶机场对乘客需求的精准把握。它被巧妙地设置在距离安检出口最近的地方，当乘客顺利通过安检后，能够便捷地进行货币兑换，随后便可直接开启购物之旅或者办理其他事务。这种从乘客实际使用场景出发的考量，充分彰显了其合情合理的设计理念，大大地便利了乘客的出行安排。

出安检后，洛杉矶机场在引导标志方面的设计也尽显人文关怀。醒目的登机口指示牌以巨大的字体呈现，即便是近视高达 800 度且未佩戴眼镜的乘客也能清晰地辨认。这样的设计无疑为那些在匆忙赶路中或者视力不佳的乘客提供了很大的便利，让他们能够迅速找到自己的登机口，减少了因寻找登机口而产生的焦虑与时间浪费。继续前行，通路正上方悬挂着一座大钟，其位置十分显眼，乘客在行走过程中必然会映入眼帘。这一设计方便乘客随时掌握时间，从而合理地规划登机前的各项活动，无论是前往商店购物、在休息区稍作休息还是前往登机口候机，都能做到胸中有数，有条不紊。

饮水处的设置同样周到细致。考虑到不同年龄层次以及身高差异的乘客需求，洛杉矶机场别出心裁地设置了两个不同高度的饮水设施。对于孩童以及身材相对矮小的乘客而言，他们无须再像在其他一些机场那样，四处寻找其他物品来垫高自己以便能够使用饮水设施，在这里，他们可以轻松便捷地补充水分，满足身体的需求。

此外，洛杉矶机场还充分考虑到了乘客在候机过程中的各种需求。对于那些因赶路而疲惫不堪，或者因特殊原因而身心俱疲的乘客，机场内设有温馨舒适的 SPA 服务。想象一下，一位乘客为了赶上飞机一路狂奔，双腿发软，或者是为了见心上人一夜未眠，在这样的情况下，SPA 能够帮助舒缓肌肤的疲劳，在短时间内恢复些许活力与精神，能以更加饱满的状态登上飞机，开启旅程。对于那些想要为亲朋好友挑选礼物的乘客，机场内的免税店提供了丰富多样的名品精品可供选择。即使在离开家出发前匆忙没有来得及准备礼物，在这里也能找到合适的纪念品或礼品，真正做到了让乘客在机场内就能完成各种出行相关的事务，实现了一站式服务。

值得一提的是，安检口和登机口前均设有卫生间，这一细节

设计看似平常，实则意义重大。它确保了乘客无论是在进入候机厅之前还是在即将登机离开之时，都能够轻松自在地方便，无须在候机过程中因寻找卫生间奔波，有效提升了旅途的愉悦感和舒适度。从行李安检开始，到购物换汇、时间掌控、消费购物，再到登机准备，洛杉矶机场的整个流程设计都展现出了高度的科学化与人性化。每一个环节都紧密相连，相互配合，为乘客打造了一个便捷、舒适、高效的候机环境。

机场管理部门无疑是将客户视作上帝这一理念，实实在在地落实到了机场设施的精心配置之中。乘客能够真正地在轻松愉悦的氛围中度过登机前的时光，减少了因机场设施不合理带来的各种困扰与不便。对于国内机场管理部门而言，洛杉矶机场在设备科学配置方面的成功经验无疑是一份宝贵的财富。借鉴其先进的设计理念与管理模式，国内机场有望减少数以万计乘客因人为因素而无奈等待的时间，降低因拥堵而导致误机等不良事件的发生概率。这不仅能够提升国内机场的服务质量与运营效率，更能改善乘客的出行体验，增强国内航空运输业的竞争力，使内机场在全球航空枢纽的竞争中占据更加有利的地位，从而更好地满足日益增长的航空出行需求，推动我国航空事业向着更加国际化、现代化、人性化的方向发展。

写于 2016 年 9 月

奥兰多三场高球

　　奥兰多是位于阳光之州佛罗里达中部的一个休闲旅游城市，亦被称为高尔夫胜地，球场众多，是高球者挥杆绝佳之所。气温这几天 20 ~ 31℃，舒适宜人，也是友人相聚的好时节。

　　承蒙一位大哥的盛情之邀，我从迈阿密驱车 3 小时 30 分钟赶赴奥兰多专程打球。417 号国道一路畅通，在过球瘾之前先享受一把车瘾。借助手机上的 Google 定位，再加上车载 GPS 双重保障，早上 6：45 出发，10：15 到达。第一场球于 12：33 开杆。第一天是与一对美国同胞拼组，先生 71 岁健瘦，拥有 58 年球龄；女士稍胖，性格活泼。一路上笑声朗朗，打得不好就自嘲笑自己，打得好就笑给大家。第二天是和一对英国夫妇一组。来自英伦第二大繁华城市曼彻斯特的老先生球技不错，脾气也相当不赖，只要球没打好，愤怒之下便拿起球来就狠狠地抛出，高尔夫球变瞬间变成了手球，这世界变化就是快。第三天是和两位美国先生同组，一位 57 岁胖先生，另外一位 67 岁标准身材美国老者，两位打玩心态，性

格略急，上杆还没结束就下杆了。物以类聚，我和大哥坚守了中庸之道，虽放松有些不足，但也没有太多冲动之举，正应了人以群分。

奥兰多阳光任性地灿烂，空气清新自然，想有雾霾简直是白日做梦。大哥球越切越精准，我的三号木越也打越直越远，球技和这里的天气相得益彰，一胜过一天好。三场球，遇到三波风格各异的球友，打出三场不同的杆数，收获了三种不同的高球体验，丰富而多彩。能够体悟到这真实而变化的世界，也是此行收获之一。第三天大哥打出三天最好成绩，我则在最后第 18 洞得果岭上一推入洞，也算是圆满。

在奥兰多期间，品尝了兄长的拿手好菜红烧肉，也享用了嫂夫人的稀饭鲜汤，不仅切磋了球技，还从大哥成功经营企业的心得以及资产配置理财的要诀中受益良多。感谢哥哥的兄长风范，感谢嫂夫人的热情款待，也感谢高球与避寒胜地奥兰多。

写于 2016 年 7 月

迈阿密的午餐

　　在迈阿密停留的那段日子里，Sergio's 餐厅成为我经常光顾的地方，不知不觉间，我都快成为这里的老客户了。

　　这家餐厅里摆放了最多餐桌的主厅，无疑是客人最喜欢的所在，自然而然地成为餐厅的重心，人气也是最旺盛的。在这里，吃饭确实讲究气氛。宽敞明亮的空间，热闹而不失温馨的氛围，使主厅备受关注，服务自然也是最周全的。客人们围坐在餐桌旁，欢声笑语不断，空气中弥漫着美食的香气和人们愉悦的交流声。

　　侧厅被设计成两人台和四人桌，这里更适合情侣间的甜蜜约会、夫妻的温馨相伴以及家庭的小聚，抑或是两三知己的惬意用餐。低矮的吊灯散发着柔和的光芒，聚焦在面前的餐桌上，营造出一种温馨而私密的氛围。在这温暖的灯光下，人们的距离仿佛被拉近，心与心之间的交流也变得更加亲密无间。

迈阿密四季气候相对宜人，这使室外餐桌也成为许多客人的选择。在室外就餐，能更紧密地与大自然拥抱，感受微风的轻抚，聆听鸟儿的欢唱，欣赏着周围美丽的景色。阳光洒在身上，带来温暖与惬意。虽然室内外的餐桌享受着同样美味的食物，但所带来的体验却是截然不同的。室内是热闹与温馨，室外则是与自然的融合与亲近。

晚到的客人不得不站在门厅处等候，古巴人向来坦然，脸上不见丝毫的焦虑之色。然而，在那弥漫的美味熏陶下，内心深处对美食的渴望必定是逐渐强烈的。想象着即将品尝到的美味佳肴，那份期待在心底悄然蔓延。

餐厅的菜式种类丰富多样，有适合两人分享的精致套餐，也有满足四人食量的丰盛选择，甚至还有为十人、二十人聚会准备的大型组合。今天我来得比较早，中餐时间还没过，得以享用了一顿丰盛地道的古巴早饭。那独特的风味和浓郁的口感至今仍在舌尖萦绕，让我对下一次来享受火鸡大餐充满期待。

这家餐厅精准定位为古巴家餐，其装饰摆放处处呈现出家的温暖和温馨。老式的风扇慢悠悠地转动着，仿佛在诉说着过去的故事；熟了的南瓜散发着自然的甜香，给整个空间增添了一份丰收的喜悦；生机盎然的盆栽郁郁葱葱，在暖色灯光的映照下显得更加亲切友好。这些细节的布置，让人一踏入餐厅，就仿佛回到了温暖的家中。

当看到柜中展示的那些色香味俱佳的食品时，还没落座就已被深深诱惑，口水不自觉地滋生，味蕾兴奋地跳动起来。餐厅的食物就如同这里的员工一样充满活力。二十多位服务生在餐厅里忙碌穿梭，各司其职。他们动作敏捷，服务匀速而高效，没有丝毫的散乱。每个人的脸上都洋溢着热情的笑容，给客人带来的不仅是周到的服务，还有亲切的动感。

今天还有两个特别的场景令人难忘。有两位客人过生日，有趣的是，餐厅一位美女服务员率领着五六位同事，高唱着"Happy birthday to you"，手捧点燃的彩色蜡烛，一路欢歌笑语地向餐桌走去。可当他们到达餐桌前时，却发现客人悄然起身去了洗手间，这突如其来的小插曲让在场的人都忍不住开心大笑。这一次轰轰烈烈的祝福，就自然成了一次实战的彩排。餐厅员工发自心底真诚的祝福，不仅让寿星感受到了满满的快乐，也深深地感染了在场的每一位客人。

在 Sergio's 餐厅的每一次用餐经历，都留下了太多的美好回忆。这里的美食、氛围、服务，无一不让人陶醉其中。下次再来迈阿密，定会毫不犹豫地再次光顾这家名为 Sergio's 的餐厅，继续享受这份独特而难忘的体验。

写于 2016 年 10 月

第94空军飞行中队餐厅

来迈阿密已有五次，每一次都满怀期待能在生意上找到突破口，然而事与愿违，生意的进展始终未能如我所愿。让人感到欣慰的是，我却屡屡被这里的美味攻陷，以至于那口齿留香的滋味，常常在我的脑海中萦绕，心生思念。

在众多难以忘怀的美食之地中，第94号空军飞行中队餐厅，总是不由自主地出现在脑海中。当第一次踏入这家餐厅，就被它独特的氛围所吸引。一辆当年空军使用的卡车，经过精心的修复和装饰，静静地停放在餐厅的一角，仿佛在诉说着往昔的辉煌。而餐厅的建筑，据说曾是当年第二次世界大战期间空军的一个指挥部，岁月的痕迹在它的墙壁上留下了斑驳的印记，却也增添了一份历史的厚重感。

餐厅最突出的特点，无疑是其得天独厚的地理位置，它就位于迈阿密国际机场旁边。在这里，你可以近距离地观看飞机的起落，感受那巨大的轰鸣声和震撼的视觉冲击。这或许是全世界独一无二的有着空军传承的餐厅，光是这一点，就足以吸引众多游客和航空爱好者纷至沓来。

走进餐厅，服务员热情地迎上前来，他们的着装类似于早年的空军军服，让人仿佛穿越回了那个充满激情与荣耀的年代。坐下之后，带上餐厅备好的耳机，便能清晰地听到塔台和飞行员之间的交流。那紧张而有序的对话，仿佛将你带入了飞行的指挥现场。只是略有遗憾的是，这里没有话筒供应，也就没法指挥飞机上下飞舞，只允许动耳，不可以动口。但即便如此，这种独特的体验也足以让人兴奋不已。

餐厅的室内灯光设计独具匠心，柔和而温暖的光线与窗外的绿叶相互映衬，平添了一份恬静、浪漫和幽雅。每当夜幕降临，灯光透过窗户洒在绿叶上，形成一片片斑驳的光影，如梦如幻。迈阿密迷人的地方真是太多了，这家餐厅无疑是其中独特且令人挂怀之地。

记得有一次，点了一盘沙拉。那新鲜的蔬菜，脆嫩的生菜，甜美的番茄，搭配上精心调制的橄榄油和意大利汁，瞬间散发出

诱人的香气。按照自己的方式，就着啤酒享用这盘沙拉，那种清爽与醇厚相互交织的口感，至今仍让我回味无穷。

还有那次，点了份纽约牛排，要求五成熟。当牛排端上桌的那一刻，我的目光就被它牢牢吸引。那鲜嫩多汁的牛肉，表面煎得恰到好处，呈现出迷人的焦褐色。一刀切下去，粉嫩的肉质展现在眼前，纹理清晰，饱含着汁水。放入口中，鲜嫩的口感瞬间爆发，牛肉的鲜香在舌尖上舞动，仿佛每一个味蕾都在欢呼雀跃。胃里感到无比的满足，心情也随之愉悦起来。

这家餐厅的牛排好吃得让人陶醉，飞机起落的壮观景象令人惊叹，塔台和飞行员的交流有趣而神秘。只可惜，他们还没有学会中文。但这并不妨碍我对这家餐厅的喜爱，每一次的光顾，都像是一场奇妙的冒险，留下了深刻而美好的回忆。

期待着未来的某一天，再次踏入这家餐厅，再次感受那独特的魅力。或许到那时，生意上也能迎来转机，让我在迈阿密的旅程更趋圆满。

写于 2016 年 12 月

世界最有名的古巴餐馆

　　今晚，时针就要指向离别迈阿密的时刻，和好友筹划怎样度过这最后的时光。他提议去一家地道的古巴餐厅享用午餐，为此次迈阿密的行程画上一个美味的句号。我欣然应允，这张纯正中国原装的嘴，虽已品尝过太多的西餐，可对地道的美食，向来都怀着一种难以言喻的"暧昧"情感，既充满好奇又满怀期待，这次当然要毅然前往，一探究竟。

　　还没走到餐厅门口，那硕大而醒目的招牌就迫不及待地闯入了视线。我的英文水平并不高，可招牌上"THE WORLD'S MOST FAMOUS CUBAN RESTAURANT"这串文字，瞬间在脑海中自动翻

译成了"世界最有名的古巴餐馆"。第一反应，多少有点王婆卖瓜、自卖自夸的味道。转念一想，已经站在了这里，别犹豫大胆地走进去尝尝吧。

轻轻推开门，里面的景象瞬间吸引了我们的目光。餐厅里人头攒动，视力所及之处几乎都坐满了沉浸在美食世界里的饮食男女。或欢声笑语，或细嚼慢咽，每个人的脸上都洋溢着满足和愉悦。

这家餐厅建于 1971 年，掐指一算，到如今已有 46 年，虽不是百年老店，还是有些历史了，既有传统的魅力，又有与时俱进的现代元素。幸运的是，我等还未到怀旧的年龄，对新鲜事物依然充满渴望和追求。想象着自己能成为这家餐厅的标准核心客户，心里不禁涌起一种被迅速接纳和认可的期盼，好似已经看到了未来一次次在这里享受美食的美好场景。

在等待正餐上桌之前，好友熟练地点了一些前餐。不一会儿，美味就被端了上来，有幸分得一块香气扑鼻的炸饺。轻轻咬上一口，里面是猪肉拌芝士的馅料。接下来认真地咀嚼着，味蕾仿佛在欢快地跳舞。心里很清楚，这美味的炸饺仅是一个精彩的开场，心中已满是欣喜，对即将登场的正餐更是充满了期待。

餐厅的每一个细节都彰显着专业和用心。精致的装饰好像在诉说着古巴的故事，餐具摆放得整齐有序，如同等待检阅的士兵，而服务人员脸上洋溢的真诚笑容，让人如沐春风。本来早餐就吃得毫无节制，心想中餐也就顺其自然吧，尽情享受这美食的盛宴。

今天恰好是周一，菜单上有特别推荐的菜品。我的目光被一款标价 9.95 美元的牛炸鸡吸引住了。要知道，这里是美国的迈阿密，可这里的厨师却是 100% 纯正的古巴人。据说，古巴市场上的鸡肉有相当一部分是从美国进口的。怀着期待的心情，沉着地用叉子叉起一块送入口中，然后仔细地、慢慢地品味。那一瞬间，味蕾像是被点燃了烟花，绽放出绚烂的滋味。这味道竟然丝毫不逊色于哈瓦那著名的 Alejbe 和 Palanque 餐厅，仿佛置身于古巴的街店，享受着纯正的美食风情。身处迈阿密，但这味道却让人感觉不是古巴胜似古巴。

也许单单就这一道独具特色的菜品，便是这家餐厅胆敢喊出"本世界最有名的古巴餐馆"的底气之一。

说到饮品，莫吉托（Mojito）作为全球范围内最著名的鸡尾酒之一，在这家 Versailles 餐厅里更是展现出了与众不同的魅力。餐厅的调酒师别出心裁，在每杯酒中放入一条细长的甘蔗。这看似简单的一小步创新，却成功地将这里的 Mojito 与地球上其他所有酒吧餐吧的 Mojito 区分开来，其产生的营销奇效就如同科罗纳啤酒放入一块柠檬，瞬间让人眼前一亮，难以忘怀。

在心里默默地记住了这个名字——Versailles。也许是当时太过兴奋，竟然忘记记下餐厅的具体地址，还好手机里存有一张照片，能让我在日后回忆起这段美好的经历。这一切都是发自内心

最真实的赞叹，绝没有多少刻意推介的水分，当然，太过美味而流的口水倒是不敢保证没有。在这里，想对朋友们说，如果哪位朋友有机会到了迈阿密，并且走进了这家餐厅，请一定给我发个微信。说不定，在睡梦中的我还能因为这份分享而收到一些想象中的中介佣金，那将会是多么美妙的一件乐事啊！

此次迈阿密美食之旅，这家 Versailles 餐厅留下了难以磨灭的印象。

写于 2016 年 9 月

话缓说，钱就多，并更有力量

身为常年行商游历于海内外之人，长期在空中与陆地穿梭旅行，对于时差和远途跋涉早已习以为常，并形成了免疫力。外面的世界很精彩，遭遇的一些事和人也的确有趣。分享发生在意大利机场和在古巴产品价格会谈的两件事，旨在阐明一个现象或规律：话缓说，钱就多，并更有力量。

意大利：机场更换航班补偿

约10年前，我在意大利处理完事务，按计划下一站是直飞古巴。提前抵达米兰国际机场，在候机大厅等候时听到法航的广播说：因机票销售原因，部分旅客需要转飞蒙特利尔，再搭乘新的班机前往哈瓦那，请有加拿大签证的乘客予以配合，到柜台办理手续自愿更换航班的乘客，航空公司愿给予一定补偿。一想到我们东北人向来个个都是热心肠，乐于帮人解难，便走到柜台前。年轻

貌美的法国小姐笑容可掬地问:"先生您有加拿大签证?"我回答:"Yes."她接着说:"给您300欧元补偿。"说罢,就在一张单子上写上数字并盖上章,我认真地看着她没吭声,稍后慢慢地、清晰地如实地说:"我在哈瓦那有重要的商务会谈。"她看了看我,我依旧平静与她对视,大约寂静5秒钟后,她把写好的单子撕掉扔进纸篓,又熟练地重写了一张,然后递给我:"这样吧,先生,600欧元。"美女态度诚恳友好,我也自然坦然地接受。就这样配合法航化解了机票超卖的尴尬,顺便实现了首访加拿大魁北克省的经济中心——蒙特利尔,还在机场免税店进行了血拼。

回放这件事:为帮助法航解决票卖多了座位不够的被动,不急于讨价还价,话没多说,多瞧了法国美女几眼,结果多了300欧元,这一结果印证了:心宜善,言宜缓。

古巴:价格折扣

有一天上午,在哈瓦那商务会谈,客户接受认可我方产品,但希望价格能更优惠,要求当天以邮件或书面答复。回到酒店,重新核算成本,测算利润,为确保订单到手,决定降价,再给予客户一定比例的折扣。可不巧的是,酒店的网速慢如蜗牛,E-mail几次发出都被退回。

无奈午饭后,只好带着打印出来的纸质新报价单,驱车去见客户。落座寒暄，还没等我开口，古方经理满脸笑容地说："你们的价格可以接受，不用打折了。"哇！好惊险！新报价就在包里，差一点就掏出来了。连提及新价格的机会都不给，订单就顺利拿下，心中窃喜，但脸上依旧波澜不惊。当时若着急先开口，无形中定会流失不少，见证了"一切都是变化的"，也真切地体验到：开口慢半拍，时间换空间，急事慢说的确有道理。

话缓说，钱更多，言多必失，实际上许多时候话多就失财。难以保证每次谨慎表达都能带来直接经济效益，但管住嘴巴少说、慢说，起码能减少钱财得损失。因为话多容易出错，错了就要付出代价。其实我们最需要的是静下心来，放慢脚步。慢就是快，少就是多，有话好说，急话缓说，重话轻说。多些细雨和风，少来疾风暴雨，生活中就会多些善缘。

曾国藩说，言语迟钝，举止端重，则德进矣。《礼记》中讲，水深则流缓，人贵则语迟。话缓说，为思考留出空间，也让彼此保有体面和风度，话缓说，钱更多，并更有力量。

写于 2022 年 7 月

加勒比的两颗明珠

古巴首访

　　30多年的商旅生涯，去过的地方不少，到访加勒比明珠——古巴最多，屈指算来有百余次，尤其对弥漫着拉丁风情的哈瓦那，经历了从相识到相知。倘若有人问我对这块土地的牵挂和眷恋有多深，我会毫不犹豫地说古巴是中国以外的第二故乡。60年一个甲子。今天是2020年8月28日，再过1个月就是中古建交整整60周年。一个循环将结束，新的轮回就要开始。抚今追昔，思绪飘回第一次难忘的古巴之行。

　　回望那个年代已有些模糊的画面，回味当年的感受、时光，回想发生在哈瓦那街上的真实故事。1989年6月30日，我等一行四人从北京出发，途中在东京做短暂停留后，飞到美国第二、西部最

大的城市洛杉矶。这里曾两次举办奥运会，是好莱坞、环球影城、迪士尼乐园的所在地。三天后接着飞到美国第一大城市和第一大港口纽约。纽约位于女儿曾就读的久负盛名的"高露洁"大学的所在州——纽约州。

这是第一次到访美国，好友从匹茨堡驱车七小时赶到我住处，接下来三天游览了曼哈顿、华盛顿、西点军校等，见识了什么是美利坚合众国。从美国再飞到墨西哥，感受当时全球人口位居前列的城市——墨西哥城。走在墨西哥城中街道上，随处可见一对对夫妇，手牵或怀抱三四个孩子，人口众多名副其实。在墨西哥城第一次品尝了辛辣的早餐，在一家汉城饭店第一次品尝了韩国烤肉。大约是7月10日从墨西哥城飞到了古巴，入住当年卡斯特罗革命胜利进入哈瓦那城首先占领的五星级酒店——自由哈瓦那（Havana Libre）。

沐浴热情的灿烂阳光，接触热情奔放的当地民众，聆听欢快奔放的拉丁音乐，双脚踏上迷人细腻的白色海滩，挥臂在加勒比海畅游，这些便是31年前留下的记忆。第一次访问有黑人的国家，走在街上眼中看到空中和地上玩耍的小黑鸟好似都比国内颜色深一

些。在停留的五天里，独自一人看了一场也是迄今为止唯一一场古巴电影。夏天影院里空调开得很凉，屏幕上三部片子循环播放，当时半句西班牙语也不会讲，但从画面中能猜出影片是讲一位医生的爱情故事。古巴人敢于、善于谈情说爱，电影表现形式和手法也直白大胆，在今天的中国也属于前卫。走过世界许多国家，古巴人是我见过的最不纠结、与生活拥抱最紧密的民族。

有一天，我走在街头游览城市风光，正在左顾右盼，东张西望，一位古巴小伙把我拦下，他看上了我身上的红色 T 恤衫，接着用手比画，意在要用一瓶朗姆酒兑换。想到酒店里还有几件衣服，我稍加思考后欣然同意成交了。脱下 T 恤裸露着上身，顶着炎热的太阳，手里拎着一瓶朗姆酒，收获满满地回到酒店。这是我和古巴做的第一笔民间易货生意！31 年过去了，古巴的城市风貌和市政建设仿佛依旧如初，还保留着西班牙殖民时期的风貌，稍有变化的只是多了些旅游酒店，路上增加了中国的宇通、吉利等。

古巴和中国同属社会主义国家，因美国长期制裁等多方原因致使整个国家经济不发达，没有像中国有日新月异的发展，这是古巴的问题所在。经济全球化的今天，改革开放是大势所趋，是历史的必然，期待新的轮回能给古巴带来新的变化、新的希望，祝愿古巴也能早日欣欣向荣。

写于 2020 年 7 月

一日成名的场所——哈瓦那博览会

在古巴，有一处堪称能让人"露脸一日便成名"的舞台——哈瓦那博览会。时光匆匆，哈瓦那博览会已然步入了第34届这一"壮年"时期。在美国和古巴关系"复婚"后的这一届盛会上，除了传统国家和地区的商家踊跃地参与之外，日本更是独立设馆，以彰显其对此次盛会的重视。美国的表现却显得有些羞答答、颇为含蓄，仅仅派出了几家企业，以一种示意性的姿态参展。

古巴倾举国之力举办哈瓦那博览会，使其自然而然地成为该国影响力最为巨大的全国性节日。能够在这样的场合崭露头角，就意味着能够面对数量最为众多的观众，到场的企业人士也最为齐

全，所能达到的营销效果无疑是最佳的。以五金行业的后起之秀"绿马"为例，凭借其一，极具前瞻性的布展方式，令人眼前一亮；其二，独特新颖的品牌名称，令人过目难忘；其三，醒目的视觉 Logo，独具魅力。正是凭借着这些优势，"绿马"连续三届参展，如今已成功跻身于古巴市场的知名品牌之列。

古巴对外开放的大门正徐徐敞开，其社会和市场正在发生着深刻且显著的变化，百业待兴，商机犹如繁星般闪耀。正所谓"一步先，步步先"，占先常有事半功倍之效，有先见之明的企业家们早已开始抢先行动。先人一步的吉利汽车，在古巴市场的保有量已接近 20000 辆，和宇通客车一样，达到了无人不知、家喻户晓的程度，品牌形象深入人心。对于后来者而言，想要后来居上，恐怕已经是小概率的事件了。今日牌电动车也瞄准时机进入了这个充满魅力的加勒比岛国。而原本在全球 60 余个地区出口的雅迪，以及在市场销售量上遥遥领先的爱玛，却因错失良机，如今若再想要涉足古巴市场，恐怕将要面临诸多困难，难以追赶先行者的步伐。1500 台一拖国际的拖拉机，宛如一支雄壮威武的"钢铁红军"，气势磅礴地占领了大安地斯区的广阔区域，展现出强大的市场竞争力。

商场犹如战场，一位统帅的高瞻远瞩和英明决断，能够极大地提高获胜的概率。中国作为继委内瑞拉之后古巴的第二大贸易伙伴，经过近 40 年的高速发展，已然成为制造业大国，产品种类丰富多样、琳琅满目，与古巴市场的需求高度契合。抢占作为拉美门户的古巴市场，可谓是天时、地利、人和皆已具备，机不可失，这实乃千载难逢的绝佳机遇。此刻，古巴正热情似火地向中国的企业家们张开温暖而有力的双臂，期待更多的合作与交流，共同书写繁荣发展的新篇章。

中国的企业家们面对古巴市场这片充满潜力的蓝海，应当敏锐地捕捉商机，果断地做出决策。要充分发挥自身的优势，以优质的产品、先进的技术和创新的理念，在古巴市场站稳脚跟，开拓出更加广阔的发展空间。同时，也要密切关注市场动态，不断适应变化，与古巴的合作伙伴携手共进，实现互利共赢。

写于 2016 年 11 月

哈瓦那夜店的邂逅

    古巴是人所共知美女云集、激情四射的浪漫国度，哈瓦那又是
我到访最多的城市。常在河边走，总会见到鱼。视而不见和熟视无
睹是件困难的事，人在江湖，总得游泳。走进古巴 29 年，结识相
逢过的有缘人不少，但永记心中念念不忘的是哈瓦那夜店的一次邂
逅、一次奇遇。

    相遇的一幕发生在 10 年前的一个月光皎洁之夜，晚上约 9 点
我们高矮胖瘦四人，三位华人一位当地朋友一同走向位于哈瓦那
久负盛名的自由哈瓦那（Havana Libre）五星级大酒店二层的夜店。
那天我做东邀请首次到古巴的两位同胞开怀畅饮，体验加勒比地区豪情万丈的夜生活。

还没有进夜店，欢快的拉丁音乐便已飘进我们的双耳。侧身挤过攒动的、来自世界各地的游客，找个座位后我向吧台走去，店内的灯光幽暗，但依稀可见一位年轻女子端坐在吧台旁。接近她时，她表情轻松，神态自若。当视线不经意移到她坐的吧椅时，我如被雷电击中瞬间呆住了。这是一位仅有一条腿的女子！刹那间，一种人性的光辉在她身上显得格外灿烂，她没有一丝残疾人的自卑和自惭，呈现的是特有的自信和尊严。

行走世界五大洲，从未见过娱乐休闲场所有这样不愿放弃的人。心生敬意，有些仰视。"Hi, how are you?"她自然主动地招呼，我晃过神来，礼貌地回应她的友好，接下来的简短交谈平淡无奇。当得知我来自中国时，她更是笑容可掬。

古巴人民向来热情奔放，对中国有自然的亲切。问其缘由，是因为早在1847年，就有10多万被叫作"苦力"的华工被贩卖到古巴，同当时的黑人奴隶一起在甘蔗园做苦役，受尽了压迫和剥削。后来大部分华工为自身的自由在独立战争中献出了生命，剩下的那一部分，因无力回国，留了下来，与当地人组成家庭，一代代扎根在那里，形成了当今相当数量有华人血统的古巴人。

那晚酒没喝几杯，但内心燃烧起来的激情和斗志却是异常炽烈与坚定。苍茫人海，嚣嚣红尘，人们陷入生活低谷时，偶尔会招致一些无端的蔑视。当处在为生存苦苦挣扎的关头，有时尊严也会遭

遇践踏。但当一个人心中对未来充满信心、希望永不放弃时，就会变得异常强大，欢心可以讨取，尊重和尊敬历来都是赢得的。

人非草木，谁能无情，今天回味那次邂逅，内心深处依然是感慨万千，感谢独腿女子给予我无形的力量与激励，仅此一遇，受用一生，每每提及古巴，便时常闪现当初夜店相遇的一幕。只有一条腿的女子在发展空间有限的社会主义国家古巴都在竭力寻找立足之地，相比之下，我等何其幸运。感谢命运的厚爱和眷顾，感谢这个好时代。我等生活在改革开放的中国，海阔天空应该有所作为，对家庭、社会和国家有所贡献。

每每想起哈瓦那夜店邂逅，心潮澎湃。后来，我又去过那家大酒店，可再没有见到那位独腿女子，更不知她现在何方。也许她已客走他乡，我想只要她去的地方有太阳，她一定会继续闪光。

写于 2018 年 4 月

丢掉的钱包为什么能失而复得？

大约是 2015 年的秋天，当时正在古巴公务。一天我邀请在哈瓦那刚结识的、第一次踏上这块热土的三位朋友，驱车 132 千米，前往闻名遐迩的度假胜地——巴拉德罗。先共进午餐，饭后安排三位勇闯世界的年轻商人去放肆地拥抱蓝天下的加勒比海，零距离接触温暖暧昧的白沙滩。我独自一人去曾是美国杜邦家族的私人领地——风光旖旎，拥有古巴全境唯一的标准 18 个洞的海滨球场挥杆。

驾车自当球童，打完球夕阳已西下，夜幕降临，一行四人重新集结，开心尽兴的自由活动后返程。车在高速公路行进了约半小时有人喊饿，我便在高速公路边一家为数不多的餐吧停下，打算就地解决饥腹问题。一掏钱发现装有欧元、比索现钞和护照的钱包不见踪影。装钱包的双肩背也不在车上，这时才想起是忘在高尔夫球车

上了。球车是在车场自己取还，无人看管，当时周边游客不少。

留下两人解决用餐问题，一位随我驾车飞速回奔。找钱包、护照心切，不顾限速开了没多久就被一警察拦下，坦率告知是去找钱包，时间紧迫万一找不到后果很严重。善解人意的警官高抬贵手放行，并叮嘱："小心点，不要太快。"接近目的地时又被路边蹲守的另外一位警察拦下，再次直白解释，警官理解＋同情＋忠于职守，他说："现在你先走，回来时到我这儿接受处理。"

致谢后继续赶路，到达俱乐部时天已漆黑，值班人说："没有人了，你明天早上再来吧。"我脑子飞转地想，晚上回哈瓦那，第二天再跑一趟，钱包在外漂荡一晚，夜长梦多，找到的难度定会增大。觉得不能这样安排，同时在想钱包有可能会失而复得，这样判断的理由是基于半年前在同一个地方发生的一件事。

前一次也是陪好友来巴拉德罗，在高尔夫俱乐部餐厅去洗手间时，在地上捡到了一个黑色钱包，内有现金、信用卡、驾照等。我让服务员伸着脖子高声呼喊证件上的名字，真是呼之即来。几声呐喊后一位中年人出现，看到了钱包，听了餐厅小哥解释，来自美国洛杉矶的先生向我表达了谢意，并邀请下次去加州时再见。

在相同的地点拾到他人财物没起贪念，完璧归赵，我今天忘在球车上的钱包不应该不翼而飞吧？况且这次又是善意请三位不很熟悉的朋友游览加勒比风光。或许是老天听到了我的心声，一回头吓我一跳，不知从哪里冒出来一位古巴中年人，抱着双肩包静静地站在那儿看着我说："我一直在等你回来。"顿时喜出望外，古巴经济着实不发达，钱包里的欧元加比索至少是当地人平均工资十年的薪水，这位普普通通的古巴男人拾重金不昧，经受住钱财的诱惑不起邪念，品行高尚难得。在黑夜里，我看到了他身上闪烁人性良善的光辉，感叹后拿出一些作为酬谢，离开俱乐部时浑身上下像中彩般，也如同接到了天上掉下馅饼似的开心。

这次高尔夫球场钱包失而复得感慨幸运，亲证了一次种子的力量。人的一言一行，一举一动，常人肉眼看不见的一思一念，点点滴滴都会留下印迹，冥冥之中自动被存储。善事做多了福德就增加，反之亦然，积恶会成祸。

这次丢包也让我回想起 2009 年第三次去西班牙，在地中海之滨的花城——巴伦西亚，装有现金和护照的钱包在假日酒店内一层餐厅就餐时被偷；2012 年第四次访问波兰，在北部滨海城市——格丁尼亚，钱包带护照在城铁上被窃。前后两次丢包，没有在古巴的好运气，当时费了很多精力报案、投诉和指认等，最后还是分文未回。后来反思，那几年大多时光都迷失在商海、忘形于江湖、沉溺于安乐。生意做成就觉得是个人付出后的自然回报，一切荣光属于本人。对带给自己财富和温暖的贵人们虽有所表示，但感恩、报恩的深度、力度不够，导致福德储蓄出现亏空。

其实，欧洲两次丢失护照和钱财是在提醒和警示。可那时心里并无察觉，全然不知，往事不堪回首。现在搜肠刮肚，也想不起那

些年做过哪些可圈可点的善行。好在后来有了些觉悟，积些善行，成就福德，既是种子原理又是古巴丢掉的钱包能够失而复得的因由。需要说明：我只是分享个人经历后的反省和重德向善的体悟，一己之见，非标准答案。

小贴士 2008 年欧洲金融危机后，欧洲出现专业行窃队伍且不断壮大，各位亲朋好友，下次出游时务必少带现金，护照贴身。

写于 2022 年 5 月

加勒比海滩的一次出糗

距离哈瓦那城不远的圣塔玛丽亚海滩是古巴名滩之一，细柔白沙，蔚蓝海水，徐徐海风，是踏海逐浪的好去处。傍晚的加勒比海，海浪滔滔。在水中背向大海，会真切感受到滚滚浩浪的力量，心生一种敬畏和尊重。水性若好，向海浪游去，在波涛拍到头之前潜入水下，避其汹涌，即刻完成一种你中有我的融入，乐在海中。在旧"滩"重游时也再次想起多年前在此的一次本不应该发生的糗事，讲来权当趣闻。

30多年前第一次来加勒比这个岛国公差，周末早餐后，女领导说我们去海滩一游。大约9点半，我等一女三男四人，在酒店大门外打了一辆出租车，约20分钟便到达了圣塔玛丽亚海边，脱去外衣存放在出租车的后备箱里，只留泳衣泳裤，移步大海。女老总说好只在此放松休闲1小时，一看表已近10点钟，我便告诉司机先走，1小时后回来。我自以为讲得很清楚，司机小哥也想当然，超自信地觉得听明白了中国东北人的英语。可到了11点钟时，车没有出现，又过了半个小时还是没见踪影，一位同事说不会是跑路了吧。想了一下，我说大概率不会发生，这么纯粹的社会主义国家，

又是公家的车，逃跑的条件不成熟，况且那时的古巴丰衣足食、国泰民安，很大的可能性是误解，错把 1 小时听成下午 1 点钟了。领导审时度势英明决策，将错就错随遇而安，利用这空档决定穿着泳衣短裤在附近的餐厅解决午餐。

1 点钟时，那辆车果然"准时"回来了，大家松了口气。让领导和同事们穿着暴露在光天化日的海风吹拂下，面面相觑，焦急等待，实不应该，尴尬又自责。其实我当时只要再多说一句"11 点来接我们"，都不会出现这种囧况。女领导性情温和宽宏大量并未指责，我幸运逃过一次批评。想当然和自以为造成的差错，领导没有恼怒，但对我却是很大的警醒，几十年来一直铭记心中。这看似一件小事儿，但以小见大反映了严谨和细致有多么重要，也是我海外商旅的一次深刻教训。

生活和工作中自以为是、结果不是的情况屡见不鲜，前事之错，后事之鉴。马虎、毛糙、粗疏少了，用心、细致、周密就自然增多；素养和素质不断提高，成长和升迁也会水到渠成。这一次出丑带给我另外的启示是：说话要简洁、清晰、准确，力争用简短的语言把意思表达清楚；办事应干脆、风行、利落，用精练的动作把事情办成。海滩上这一次出错的经历是茶余饭后的谈资，顺便带来一点点提醒和警示！

写于 2023 年 11 月

鸡蛋可以这样煎？

哈瓦那商旅亲见

前几年赴古巴首都哈瓦那，在酒店就餐目睹三位煎蛋人风采各异的场景：留意观察，生活原来是如此多彩，我等应在短暂的人生中，尽情地、自然地品味，今天就从煎蛋来瞧众生千姿百态，一起笑看游戏人生。

第一位，胖黑姐

常年往返北京、哈瓦那两地，Comodoro 酒店几乎成为在古巴的家，这家四星级酒店对我也十分友好，每次入住时门童都热情地

说：欢迎您回家！听了心里暖暖的。

有天早上去一楼东侧的餐厅就餐，自助了香肠、黑豆饭、橙子和蔬菜，还倒了一杯牛奶，放到座位上后转身想去取份鸡蛋，抬头看见稍远处的电锅前，站着一位身材饱满的黑姐。到那儿时，我看见前面已排了五六位客人，胖黑女的面部却淡定安静。

在她背后窗户之外是一望无际、波涛翻滚的加勒比海，边观景边等待，可没几个人的队伍行进得特别缓慢，觉得奇怪，20多分钟后和黑姐面对面，这时才看清她是如此仔细地、全神贯注地煎蛋：锅热后，先用勺舀点油，轻轻地倒在锅的中央；等油热了再拿起一只鸡蛋，敲碎蛋壳把蛋轻轻地、小心翼翼地放在热油上火煎，再把蛋壳亲手送进桶中，这时开始问客人煎单面还是双面。又过一会儿问是否添加火腿、洋葱、胡椒、酱油，比画完上述步骤后再撒上少许盐，感觉口感嫩滑或香脆后，把煎好的蛋放在一小盘上，嘴角上扬微笑地交给客人，然后开始清理锅面。

黑胖姐如此沉着淡定，一次只一蛋的制作，平均5分钟完成，屈指一算3小时的早餐时间只能提供36个。如此这般酒店里大多数游客只能望蛋兴叹了，我好事地向餐厅经理反映太极式煎蛋排队时间太久时，他没回答只对我露出诡异的一笑。

第二位，小大爷

另外一次入住同一酒店，有天早上在餐厅见到一位瘦矮的60

岁左右的大爷,身材短小、精气神十足,煎蛋在他手里成了一种表演:舀上一勺油,在锅上分两排点了六下,油冒烟后他开始连续磕蛋,不回头蛋壳直接抛到左后位的桶里,一眨眼六个煎蛋整齐排开。

我上前对他伸出大拇指,被赞后喜悦得意的笑容跃然到不平坦的脸上。他娴熟磕蛋、抛蛋壳的动作如杂技一般,效率约为胖黑姐的 6 倍。

第三位,壮硕男

还有一次下榻原名望海的四星级酒店,现改名 Memories Miramar Habana。同样是四星级,这回煎蛋官是一位壮硕男,他身边桌面上放了一只装满已磕好的鸡蛋的桶。滚圆的臂膀操作一只饭勺,如同挥舞一个儿童玩具。把鸡蛋一勺一勺地往锅上倒,转眼间呈现一个铺满整个电锅的大饼。烙了一会儿撒些胡椒、切碎的火腿等。最后再点缀些盐,煎出的大圆饼随即被切分成若干块小饼。

为确保供餐效率,免了征求意见环节,煎啥吃啥。壮硕男展示出粗犷豪放的男子气,客人自取享用。好在游客心中清楚来哈瓦那的主要目的是观古巴风光,解拉丁风情,寻找属于自己的快乐。

回放三位煎蛋者的表现,琢磨他们背后的动因着实有趣。第一位出场的胖黑姐,或许在那个特定时间点,美国对古巴的制裁加剧,母鸡情绪受到波及,产蛋量断崖式下降,酒店不便对此详尽表

述，便派了举止超稳的黑姐出场，巧妙化解鸡蛋短缺的窘境。想到这我顿开茅塞，恍然大悟，明白了足智多谋的酒店经理运筹帷幄后对我得意地、诡异地一笑。

小大爷和壮硕男出场时，市场鸡蛋供应比较充足。古巴旅游业出现了不小的高潮，小小的鸡蛋也成了古巴经济和旅游市场的晴雨表。

如果我出场煎蛋

突发奇想，假如我被委派在酒店煎蛋，该怎样发挥才能不负众望？从中国进口一个集装箱的枸杞，每只煎蛋上点缀一粒，告知来自世界各地热爱生活的饮食男女，小小一粒中国红，益精明目，滋补肝肾，一传十、十传百，口口相传后，说不定一蛋打响，每日清晨排队等蛋的队伍能够穿过大堂蜿蜒到海边……

大千世界，到处是触手可及的喜悦，仅一只煎蛋就呈现了这么多的变化。再想到我们国家正在进一步改革开放，独有的 14 亿人口的巨大市场，为每一位做各自喜欢的事情提供了宽广的天地。只要专心致志，持之以恒，天高海阔，总有所成。这么一想，真有点看好自己了，仿佛不久后的我，伴随蛋壳的破碎，幻化成了加勒比的明珠——古巴的煎蛋一哥。

写于 2022 年 2 月

一次狂野的野浴

　　生活中有许多快乐和美妙，掩在平淡无奇的匆忙里或藏到习以为常的旅途中，需要用心探寻和抓取。一年只有一个春节，可每个人都要完完整整地过上 365 天，这期间出现些插曲和波澜，可为平静的生活添加些情趣和涟漪。

　　10 多年前，一次加勒比海里的畅游，看似有些放肆和出格，但留在记忆中的画面，每每想起，那种喜悦和舒爽即刻被激活并荡漾。讲这段有些胡闹的往事，并非鼓动亲朋好友们去放荡不羁，而是祈愿所有的人留意捕捉、把握眼前稍纵即逝的美好，更紧地拥抱生活，不负光阴。亲身印证印度诗人泰戈尔著名的诗句："天空没有翅膀的痕迹，但我已飞过。"

再访花城

12月7日，一行四人晚上六点赶到何塞马蒂国际机场，搭乘八点航班飞往古巴东南部的交通和贸易中心 Holguin。空中飞行1小时20分钟，正点到达奥尔金的 FRANK PAID 机场。

坐上糖厂老式破旧的吉普车离开机场，前往这座花园城市中的 PERUIK 酒店。此前曾两次入住，再次下榻倍感亲切。正值星期五，酒店中欢快的乐器声、舞蹈声还有歌声，节奏鲜明，有力且嘹亮，在古巴特有的吵闹声中入睡，一夜无梦。

风机现场

工厂离市区40千米，吉普车另有安排，早上我们只好租车。一天70CUC外加60CUC一箱汽油费，合计约相当于人民币1000元/天，价格比肩欧美。

约9点30分到达工厂，六位糖厂的技术人员已在大门口等候。没去办公室，我们直奔风机现场。两台离心风机摆放在车间的地上，海运到古巴已近半年，不熟悉中国的制造，没敢轻举妄动。风机保存完好，同行的两位伪工程师小胡和小李针对古方提出的问题一一进行答复，化解了古方的不明和疑惑。

本来风机就不属于科技含量极高的产品，加上提前做足了功

170

课，古方技术人员感受到了伪工程师的专业。

商务午餐

　　糖厂工作结束，和古巴同人六人在职工之家共进午餐，鸡肉一块、香蕉片若干、橙汁冰水少许，在古巴已是上好的商务餐。没浪费一粒全部进肚，牙口好，胃口更好！饭后顺便参观紧邻糖厂的朗姆酒厂。酒的原料正是糖厂的下角料甘蔗渣，产业布局合理。中古四条汉子直饮干喝，也算品尝了一瓶 Cosola 牌朗姆酒。这款酒口感偏烈，很有男人味。据说，来年这里将酿造 Carrien Club 和 Veradero 两款古巴著名的朗姆酒。

　　从酒厂返回糖厂小坐片刻，短暂磋商，离开厂区时已近 5 点。回哈瓦那的飞机是晚上 10 点 20 分，时间还早，满满一箱已付款的汽油不能当朗姆酒喝掉，浪费有罪。想到小胡和小李是第一次来古巴，我提议前往古巴北部最著名的海滩之一 Playa Esmeralda 一游。

　　傍晚的 Holguin，落日的余晖洒满了路两侧茂密的树林，起伏蜿蜒的金色公路一直伸续到 90 千米外的海滩。

大海小游

　　傍晚约 6 点 Esmeralda 的海滩已在暮色中，天海相连，留下的

是白白的细沙滩。六瓶啤酒、两听可乐，一张沙滩桌，边饮边欣赏海中的浪、海上方的云、海边的建筑、海滩上各色的游人。

上海来的小胡英文名字 Richard，戴副眼镜外表文雅，内心狂野，行动果敢。风机厂的小李，名叫西勇，身强健硕，山东大汉做事却柔顺温和，这世上充满了矛盾。

海风轻轻吹拂，像是在欢迎来自遥远中国的客人，面对金色笼罩、令人陶醉的海水，我们不能自持，无法无动于衷。夜色降临，海滩上静静清清，近处已无游人。没带泳裤也不能阻挡海浪声发出的召唤，对大海的热情顿时升温。小胡首先冲进浪里，我随后泳进海中，小李开始有些矜持，东张西望，环顾四周，确认无人，随后也成了浪里白条。

加勒比海很大，我们很小，小游大海和大海小游。大海拥抱着世界、我们拥抱着大海，这时若是出现音乐，就会游得更爽、更远、更畅快……

我曾游过

加勒比海辽阔博大，我们在此前所未有地畅快游过，这是有生以来最狂野的一次野浴，也是在大海里最通透的一次畅游。有些出格和放肆的狂欢，留在心底的是永久的惬意和快乐。展开双臂全身心、忘我地拥抱大海，同样大海敞开胸怀用宽广的博爱接纳。这一次奥尔金出行难忘。

天空没有翅膀的痕迹，但我已飞过；大海没留臂膀的印记，可我等已游过。

写于 2021 年 3 月

去古巴看自己

　　5月中旬又去了西半球令我念念不忘的城市——古巴首都哈瓦那，离京前就想好这次旅程要用心地去看望下自己，看看当年播下的种子如今开出了怎样的花？去回味心中曾经荡漾的喜悦，实地回放那些本不堪回首的沧桑与缺憾。

　　在哈瓦那的十天里，探望了34年前第一次去Cuba时入住的著名酒店自由哈瓦那（Havana Libri），第一次也是唯一一次走进的影院YARA，当地人引以为傲的Coppelia冰激凌，激情四射的街头乐队……本想遇到更好的自己，不料笑看了新鲜的尴尬和糗事。

把员工的名字搞没了

绿马五金店是 10 年前在哈瓦那开的当地最大的五金店，凭高性价比，获得业内人士广泛认可。负责店日常运营的何塞先生全情投入功不可没。

不过几天前见面时他说的一句话让我很诧异，他说："就因为你，我现在连名字都没有了。"茫然地问他："什么情况？"他说现在人一见到他就喊"绿马"（Caballo Verde，西班牙语意为绿马），多次解释他是有正式正经的名字"何塞"。可不论他费多少口舌都无济于事，难以纠正。

前不久的一天，他和太太在一家饭店悠然就餐，忽然听到有人叫"绿马"，循着声音望去，看到一位五金店的客户在向他挥手。我同情地看着他，爱莫能助，只能送他一个安慰的微笑。可见"绿马"已深入人心，也说明心智一旦被抢先进入并占领，就不容易被替代和更换，这就是品牌的力量。

半场球两次底掉

5:30 晨起，吃了院里树上掉到地上的一个丰满泛红的杧果，外加两个煎鸡蛋，在和好友、球童约定好的时间赶到哈瓦那唯一的高尔夫球场。

前夜的阵雨浸湿了绿葱葱的草坪。一号洞三杆攻上果岭，心喜开局顺利。第二洞开球后感到右脚的鞋有些异常，低头一看，白色的鞋身和底分裂了，底掉了，挺尴尬。还好出发前想到雨后水多，特意还备了一双黑色的鞋，换上后继续挥杆。第六洞轻松收杆后，发现右脚变轻了，仔细一瞧，新换的鞋底又掉了。掉的还是右脚，倍加尴尬。一白一黑，两只合成一双阴阳鞋的企图也破灭了，只好浅一脚、深一脚打完前日约好的半场九洞。有备还被突破防不胜防，真是世事无常，又一次印证：没人能知如期而至的是一个怎样的明天？

接受生活中的狼狈和自然，感受其中的意想不到，苦乐均享。其实三年多疫情，行李箱一直存放在热情温暖的国度里，躺在箱内的高尔夫鞋上的胶一直在悄然发生变化，之后在一个雨后的夏日发生了物理反应。一切事物都是变化的，就像球场上空飘浮的云彩。半场球两次底掉，这种窘相百年奇遇，今世余生不再有。

走过世界许多地方，哈瓦那是放飞之城，是一个可短暂失去自我、放肆放下的地方。特有的弥漫着浓烈原始味道的空气、激情澎湃的拉丁音乐、性感奔放的萨萨舞、上好地道的雪茄、使人兴奋愉悦的朗姆酒、风情万种的混血 Mulata。旁观者清，这次特意以第三者的瞳孔去古巴看自己，看到了久远如烟的旧日和转眼即逝的今天，感谢这块带来多姿多彩人生的迷人土地，感恩过往的生命里所有的遇见。

回程途经巴黎，在入住的机场酒店的酒吧里犒劳了自己两扎不同口味的啤酒，往事随风碎，当下顺心飘……

写于 2023 年 5 月

美国既爱又恨的国家——古巴

　　在这个世界上，美国既爱又恨的国家当数古巴。60年前，这个加勒比最大的岛国曾是美国的后花园，像今天全球富豪都在迈阿密拥有度假豪宅，当年美国的富翁在哈瓦那都有别墅。爱是因为1959年革命以前，哈瓦那是拉丁美洲最繁华的都市，饭店林立，酒吧处处，雪茄朗姆，拉丁音乐，美女如云，阳光灿烂，地地道道的美国人度假天堂。

　　斗转星移，今天的古巴推行社会主义已经过了整整一个甲子，和美利坚实行不同的社会制度，对美国的经济封锁、强权施压，古巴领导人隔海怒骂痛斥。面对不屈服的抗争，除了封锁，美国对这个地理旅游小国、国际影响强国的古巴既充满爱恋又满腹痛恨，至今已经纠结了半个多世纪。

7月29日上午9：50搭乘国航班机从哈瓦那起飞，经停加拿大的蒙特利尔，长途飞行16小时，昨天傍晚回到北京。

这次古巴之行在哈瓦那的港口不见了往日巨大的邮轮，取而代之的是到访的俄罗斯威武的战舰，这是美国总统特朗普不久前加大了对古巴封锁强度产生的变化。生性热情奔放的古巴人是我见过最不纠结的民族，全体民众信奉一条"此生只活一次，善待自己最重要"的原则。要讲来世，他可能会说把我的轮回送你，把你的当下时光给我，潇洒痛快走一回是古巴人心中的坚守和追求，面对美国的制裁依然如此。

神秘的古巴即使不能令游人神魂颠倒，也能让人充满想象，走过世界许多地方之后得出结论：哈瓦那是放飞自己之地，不能保证每一位来古巴都能收获爱情，但会激活内心的激情。这里有欢快热烈的拉丁音乐、世界顶级雪茄、香醇的朗姆酒、豪情万丈的萨萨、满街拉风的老爷车、热情奔放的男男女女。

古巴经济不发达，但却是一个和生活拥抱最紧密的国度。喝了八天浓甜的杧果汁，打了七场高球，总要有所反应，贡献一个古巴国家旅游定位：美国既恨又爱的国度——古巴，算是对这块土地的回报，也是一种思考。

去古巴可以品鉴丘吉尔、肯尼迪钟爱的雪茄，可在世界文豪、

诺贝尔文学奖获得者海明威常光临的佛罗里达酒吧和两分钱酒馆畅饮得其利和莫西托鸡尾酒，贴地感受拉美的奔放和热情，在哈瓦那犒劳一下奔波的自己，再一次体会放肆人生的美妙、美好。

古巴又是个音乐的国度，格莱美奖常花落哈瓦那，歌手随处可见。爵士乐又是其中的一朵奇葩，醉深于悠扬起伏、雄浑壮美的乐曲中，与乐手同舞进入欢乐的海洋。还可前往距哈瓦那 132 千米的度假胜地巴拉德罗，游艇出海乘风破浪，亲见水手钻入海底片刻出来时龙虾在手，船上现场烹饪鲜美午餐，伴着音乐和海风海浪一同享受大自然的恩赐。古巴不缺成熟的政治家，但缺少既懂计划经济，又懂市场经济的人物。

这次出发去古巴的前两天，拜见了中联部原副部长李北海先生。他回忆 1988 年四川省委书记杨汝岱访问哈瓦那，卡斯特罗主席亲自会见代表团，会谈从晚上 8 点一直到凌晨 1 点。听了有"草鞋书记"之称的杨书记介绍整个四川已解决了吃饭问题，不无感慨地对周边的人说："我们古巴如果有一位杨汝岱这样的人才，问题就解决了。"

整整三十年过去了，粮食自给始终没有做到，古巴现在的经济愈加困难，打通经济的命脉已迫在眉睫。大力发展旅游业是古巴经济发展的一个突破口。

为什么要去古巴？去过哈瓦那的人为什么发愿再来？

卡斯特罗兄弟为什么能在美国的眼皮底下坚持屹立 60 年？

古巴人为什么长寿?

PPG^①为什么可以降血脂?

古巴人为什么是个不纠结的民族?

欧美的男女为什么都喜欢去哈瓦那?

古巴为什么成了拉美唯一一个社会主义国家,这些答案只有亲自前往,方能找到。

写于 2019 年 7 月

---

① 指多廿烷醇片,一种从古巴西部特种甘蔗中提取的纯生物降脂药。

为何美女不再如云？

　　癸卯兔年，首次海外商旅，目的地选定加勒比明珠——古巴。此次飞行线路与以往不同，从北京出发，先飞抵欧洲的荷兰和法国，再转至中美洲南部的巴拿马，最后抵达哈瓦那。常年奔波，早已将空中旅行与长途跋涉视作享受，乐此不疲。

　　阔别三年多再访哈瓦那，喜忧参半。喜在重逢旧友、结识新朋，忧在亲见当地经济越发艰难。两周的观察与思考，沉重且不易，说与诸位，权当一听。

　　长久以来，古巴是举世公认充满神秘色彩且活力四射的岛国，哈瓦那是尽显拉丁风情的海滨城市。来此多次，每次都心怀期许，此次亦然。十余天里，熟悉的雪茄、朗姆酒、拉丁音乐氛围中透出别样味道，欢快奔放的街头安静舒缓许多。据说一年来，数十万怀揣梦想的古巴精英们为追求诗和远方离开故土，街头能歌善舞、热情洋溢之人减少，美女如云不再名副其实。

人去城静，日头仍在，涛声依旧。岸边古城堡流露哀伤，失修的欧式高楼暗自叹息。美国长期制裁，新冠突袭，本就脆弱的经济更加艰难。

儿不嫌母丑，狗不嫌家贫。无论走多远，不能忘根。迈阿密被称为"美洲首都"，聚集众多拉美追梦人。据说，此地的古巴后裔超过哈瓦那 200 万的人口。站在加勒比海边，不禁遐想：分离不意味着忘却，对祖国的情永在。未来或有一日，两地同胞携手，让这座曾经繁华的城市重现风采。可当下，加油站外车辆大排长龙，超市商品寥寥，房价腰斩，我本想在老城啤酒广场畅饮却无酒可供。这或许是半个多世纪以来该国最艰难之时。

痛定思痛，向死而生。事实证明，抱怨指责无用，命运在己。解放思想，顺势而为，奋发图强，方能绝地重生。国企受挫，私营经济兴起。正所谓山重水复疑无路，柳暗花明又一村，这或许是转机。

世界上发达岛国众多，如英伦三岛、日本、新加坡、新西兰。期待有朝一日古巴也能位列其中。如今虽为美梦，未来或能成真。衷心祝愿古巴早日摆脱困境，振兴经济，国富民强，迈向"拉美新加坡"的目标！

写于 2023 年 4 月

哈瓦那老城理发记

　　晌午时分，哈瓦那老城的哈瓦那大剧院周边，阳光宛如融化的黄油，缓缓流淌在殖民时期建筑的墙壁之上。同行的好友们正忙着拍照留念，我则随性地漫步闲逛。不经意间，一家理发店映入眼帘，透过那斑驳陆离的玻璃窗向内望去，只见店内人头攒动，几位理发师正全神贯注地为客人们服务着。我轻轻推开门，一股交织着发胶、古龙水与岁月陈旧气息的味道扑面而来。

　　店内的装潢仿若还停留在 20 世纪 50 年代：墙壁的色彩已然褪去，老式的理发椅静静矗立，镜子上布满斑驳痕迹，一旁还摆放着一张破旧的沙发。问清价格后，便在那张还算舒适的沙发上坐下等候，目光也不自觉地被三位理发师所吸引。

　　离我最近的是一位身形富态的中年黑人女理发师，她那最少也有 2500 度的近视镜片后，一双眼睛专注而有神。此刻，她正为一位脖子上刺有树叶图案的壮汉服务，那专注细致的劲头着实令人赞叹。只见她手持一把略显老旧的小刀，宛如一位技艺精湛的雕刻家，精心雕琢着客人的眉毛。更令人诧异的是，她竟还拿起剪刀，细心地清理起客人的耳毛和鼻毛——在国内的理发店，这般将耳毛与鼻毛一并处理的情形和待遇着实从未见过。这位客人显然对她的服务十分满意，理完发后，不仅痛快地付了钱，还热情地亲吻了女理发师，看来是这里的老主顾了。

靠里位置的那位高个子大胡子黑人理发师，正在为一位老年胖先生刮脸。他先是在客人脸上均匀地涂满白色泡沫，那场景让人不禁联想起和蔼可亲的圣诞老人。随后，他手持剃刀，恰似画家精心对待画布一般，小心翼翼地一点一点刮去胡须。从额头开始，接着是脸颊，再到下巴，一番操作下来，竟将一位满脸络腮胡的大叔变成了面容清爽的"胖男孩"。客人轻轻抚摸着自己光滑的脸庞，对着镜子露出了满意的笑容。我心中不禁暗自感叹："这才是地道的修面啊！"

为我理发的是一位戴着帽子、脖子上挂着两串项链、身材匀称的壮年理发师。他的动作干净利落，手中的剪刀在指缝间轻快地飞舞，发出清脆悦耳的咔嚓声。理到一半时，我提醒他将头发打理得更立体些，他心领神会地点点头。没想到的是，我同样被细心地修剪了眉毛和耳毛——看来这是古巴理发师的标准服务项目。

在理发过程中，我留意到一个颇为有趣的现象：这里理发并不包含洗头环节。如此一来，倒是节省了不少水，同时也提高了效率。客人们理完发，只需轻轻拍拍身上的碎发，便起身离开，整个过程如行云流水，一气呵成。更新奇的是，这里的理发椅能够根据理发师的操作需求随意旋转，方便他们从各个角度操作。这种将客人推来转去的理发方式，在国内确实不多见，但却让理发过程变得轻松流畅。

坐在那把老旧的理发椅上，听着剪刀清脆的咔嚓声，看着三位理发师专注的目光、轻柔的动作，以及他们脸上极致耐心、敬业且享受的神情，不禁心生感慨。在这个仿佛被时光遗忘的角落，理发已然不仅是一项简单的服务，更像是一种充满仪式感的活动。理发师们凭借精湛的技艺，为客人精心打理容颜，让平凡的日子也能焕发出别样的光彩。

理完发后，对着镜子仔细端详新发型，理发师则露出期待的眼神。我及时竖起大拇指，他见状开心地笑了。付费1000CUP（约3美元）后，走出理发店，午后的阳光依旧明媚灿烂。轻轻摸了摸清爽的鬓角，感觉整个人都焕然一新。这次偶然的理发经历，不仅收获了一个满意的新发型，更让我真切地触摸到了哈瓦那最真实的生活脉搏。

在这个快节奏的时代里，我们或许确实需要偶尔放慢匆忙的脚步，走进这样一家老式理发店，去感受时光的沉淀与积累，体会匠人专注执着的精神，让生活回归到最本真的模样。哈瓦那老城的这家理发店，就如同这座城市一般，在岁月的长河中静静守候，等待着一位又一位推门而入的客人，为他们讲述属于这里的独特故事。

半个月的休闲假期，慵懒的状态让斗志和战斗力陡然下降了25%。生活就是这般矛盾且美妙。立春已至，是时候开工了。一想到那三位理发师全身心投入美容美发工作时的专业态度，我等也应当重新振作起来再出发，朝着目标，该干吗就干吗去。

何为多米尼加？

  多米尼加是加勒比海第二大岛国，人口约 1050 万，国土面积 48442 平方千米。原以为当今世界范围只有中国蒸蒸日上，没想到多米尼加也是欣欣向荣。2015 年 GDP 增长 5.4%。世界真是大，要出来多逛逛！

  从美国迈阿密，搭乘美国航空公司的班机经过约 2 小时 25 分钟的飞行抵达圣多明各 SDQ 国际机场。出关后挑了一家租车公司，选了一辆本田 SUV，在 GPS 的导航下驶往酒店。

  离开机场不久就上了海滨大道，风景秀丽，热带景色类似同为岛国的古巴；继续行驶好像进入了非洲，黑人处处，房屋破旧；

接下来仿佛来到了动乱的中东，不宽的公路上爬满了日本70年代产的、狼狈不堪的二手车，心想日本的二手车全部倾泻到这里啦? 司机外形神似阿拉伯战士，我心生不安，不知道下一脚油门什么东西会进入我的视野里。

过了一座桥，景象就不同了。小镇变成了城市，路上行驶的车辆层次提高，人的肤色也变淡了。进入圣多明各城区，继续前行，路两边店铺林立，广告牌到处可见，商业气氛越发浓厚。

接近预订好的五星级酒店 Dominicana Fiesta Hotel&Casino 时，花园洋房，高档公寓，绿树成荫，好似欧洲，简直"柳暗花明又一村"。酒店标识醒目，尽管和一汽红旗车的车标雷同，但作为一家星级酒店还是实实在在。前台人员态度热情，慢条斯理，好在台面上有小点心供应，一块点心化解一刻等候。酒店的餐吧24小时开放，休闲沙发舒适，大堂 Wi-Fi 信号强，品酒上网，聆听钢琴演奏，兴致盎然，还可以到一层的 Casino 试试手气或一展豪情。

今夜似有神助，小赢之后即刻收手，给服务生的额外小费，只多不少，这是一种态度、一种格局，也是中国企业家的形象，不能让当地友人看低我泱泱大国的商人!

快速熟悉酒店周边的环境，掌握附近的服务设施、紧急安全通道等，是从一位多年给部队首长当警卫的兄弟那里学到的经验。胸中有数，有备无患，一位训练有素、有眼力见的子弟兵，今天已驰骋在投资界。

在酒店对面的小餐吧里，点了一瓶德国 8 度的啤酒和一份凯撒沙拉，让自己先融入这个 320 万人口的城市。中国贸促会为企业开拓海外市场不遗余力，举办展会颇具前瞻性。央企的商业精英甘为私企民企"走出去"铺路搭桥，做垫脚石，天下为公，心生敬意，也对 2016 年多米尼加中国展充满期待。

写于 2016 年 12 月

有问题更有希望的国家——多米尼加

凡事不过三，可我在 9 个月内竟接二连三，四次来到多米尼加。我要承认又恋爱了，爱上了加勒比地区成长最快的岛国多米尼加，对首都圣多明各更是一见倾心，情有独钟。

多米尼加何以让我心仪、让我心动？经营环境对商人是重中之重，纯正地道自由的经济，少有限制的市场。"天高任鸟飞，海阔凭鱼跃"的开放、宽松政策，是人们对这里的共识。热情友好，心胸豁达，不仅自己发展还能容下他人。在这里，市场上多一个新人，就好似雨天多一个雨滴，没有那么多的嫉妒和挤兑。

多米尼加和古巴一样讲西语，西语暂时还不包括西安话和山西话，是指西班牙语，陕西和山西同胞要特别注意这一点。讲西语还是刚需，说英语也有一定市场，多米尼加有许多年轻人到美国留学，在纽约等地据说也有 200 万名侨民。美利坚对多米尼加政治、经济和文化的影响是深刻的、深远的。

多米尼加吸引人们眼球的还不仅是海岛风光、当地风情万种的混血美女。圣多明各城里的一些加油站是颜值最高的地方。设计精心、装修讲究，车辆进入、加油、驶出都有专业安排。有热情，有服务，还有效率，在国内至今少有能拿得出手的可以与之 PK 的加油站。

多米尼加把加油站设计得既有科技感、有时代感又有责任感，有追求注定了这个国家有希望。因为市场自由竞争，加油站的建造、设计、运营着实下了功夫。硬件现代化，软件也专业，加油工工装在身，服务热情周到。

我在加油拍照时，有位加油工不请自来地跑到镜头里，还邀请他的一位同事满怀喜悦地摆出姿势。刚拍完，旁边一加油工就说，他们俩那么丑你也敢拍。我马上迎合地讲："好，现在拍你。"结果他又叫了一位同伴，摆出志在必得、信心满满的姿势。看了我拍的他们的形象，年轻健壮开朗的小伙子喜笑颜开。

加油站里的垃圾箱做工精致，不仅为客户提供处理杂物的方便，更培养了人们注重清洁爱护环境的习惯。多米尼加的加油站设计讲究，色彩协调，功能完备，整体有世界水准，这一点在全球也不多见。

在不算发达的多米尼加的商场，我见到了一个先进实用的停车收费机，方便省时省事，收费机交费，出停车场验票。反观我们北京乃至全国其他城市的大型建筑的地下停车场，还停留在人工收费的阶段，采用原始的交款、收款、找钱、撕发票、放行等动作，效率低下，常常造成车辆排队。

中国大型公共场所的收费停车场，如高铁、商场等人流密集的地方建议也采用停车收费机或使用微信、支付宝。多米尼加善于学习，接受新技术、新事物，注定这个国家有希望。

多米尼加政府腐败始终存在。比如街上警察的双眼常盯外国人，一旦拦下就连蒙带吓，把问题放大十倍、百倍，像交通违章等小问题也要说成触犯了法规，要交巨额罚款，要不就要去警局理论，左右环顾然后话锋一转说交些钱可了事。常常狮子口大开，没经验可能就认了。警察先生收了钱，心满意足后也会热情地忠告以后要小心。建议出行时带全证件，同时记好我国驻多米尼加贸易代表处的联系方式。

多米尼加的社会治安有待改进，枪支泛滥，出行切不可拿太多现金。华人在海外被称为移动的美钞，也是名副其实的。要改变才有安全，在多米尼加经商提高安全防范意识至关重要。在圣多明各近十天的时间里，考察拜访了近30家潜在的合作伙伴，找房选房租房，看车挑车买车，办公室设计，公司注册等。多米尼加这段充实的日子，注定要成为一段难忘的岁月。

多米尼加的历史文化不算悠久厚重，但颇具时代感。尽管腐败治安还未有效解决，但其接受新事物、善于学习、勇于创新的精神，注定这个加勒比的岛国还会发展。

多米尼加是一个有问题但更有希望的国家。

写于 2017 年 8 月

中美洲独特的三国

世界上第一个没有军队的国家
——哥斯达黎加

哥斯达黎加位于美洲的心脏，西临北太平洋，东靠加勒比海，通过颁布法律，从1949年开始成为世界上第一个没有军队的国家。1983年宣布永久中立，被称为"中美洲瑞士"。

哥斯达黎加的本意是"富裕的海岸线"，也是世界上最富有幸福感的民族之一。这里的人们热情好客、豁达、悠闲，和平思想深入骨髓，环保意识融入血液，崇尚和谐自然生活。取消军队节省的费用全部用于改善民生，创立社会保障系统等。

半个多世纪以来，哥斯达黎加一直保持政局稳定，国际竞争力位居拉美前列，每年GDP的7%～8%用于发展教育，这一比例

高于世界绝大多数国家。仅有 480 万人口的小国却拥有 61 所大学，这个教育高度令人仰止，设想国内中型城市的教育水准如能接近这个水平，中华民族伟大复兴进程会加速推进。

首都圣何塞位于哥斯达黎加中部高原的一个山谷内，海拔 1160 米，是中美洲最高的首都。圣何塞属热带高原气候，全年平均气温 20.5℃，每年 5—11 月为雨季，其余时间为旱季。现在是 7 月，凉爽如初秋，是一座名副其实的宜居城市。从美国纽瓦克飞行 5 小时便可抵达这里，持美签免签入境。

第二届中国—哥斯达黎加贸易和投资论坛在首都圣何塞的洲际酒店举行。早上 9：00，哥斯达黎加议长、对外贸易部长、贸易促进会会长等鱼贯出场，个个高大、身材健硕、西装革履、风度翩翩，国家优势、人民素质、政策稳定如数家珍，娓娓道来。讲到经贸合作时强调：贸易是双边关系的压舱石和推进器，21.66 亿美元的中哥贸易额是双方共赢成果。中国驻哥斯达黎加大使汤

恒先生高大儒雅，西中双语致辞，展现大国职业外交官风采。中国贸促会姜增伟会长，自信洒脱，言辞掷地有声，尽显风范。

"一带一路"倡议被哥各界挂在嘴边大力推崇，明确表态要参与到所有的沟通之中。论坛和对接洽谈务实落地，有幸结识祖籍广东的华侨企业家甄董事长夫妇。

区域优势明显，市场高度开放是哥斯达黎加的独特之处。老百姓说了算是哥斯达黎加的特有情况，幸福指数高居不下，不求快速发展，但图悠闲安稳更是哥斯达黎加人始终的坚守和追求，平均年龄高达 80 岁以上是值得骄傲的数字。

没有军队但国家公务员队伍强大到占全国人口的 15％，包括医疗系统、教育机构、国有公司等。律师多于工程师、技术官僚存在、财税收入有限、基础设施欠账较多也是这里真实的国情。

参观两个私人工业园区，前瞻性设计、全方位服务，深受启发。哥斯达黎加 52％的出口来自园区企业的贡献，成绩斐然足见园区的成功。

今天又偶遇 16 年未见的朋友，喜出望外，晚上小聚相谈甚浓，陈年往事和窝藏的酱香一起端出，把酒言欢，有朋友远在他乡见，酒和人一起乐乎。与当地政商两界的老友会面后，年内再访哥斯达黎加便在酒中飘然敲定。

这里也不全是万里无云，早来的先行者们分享在哥心得：政府部门工作流程烦琐，老大搞定不意味万事大吉，中间环节同样要疏通。根据法律，总统只干一届不准连任，政策缺乏连续性，企业注册一般要花 3 ~ 4 个月，总之要有耐心，要适应当地的节奏和环境。

这个世界真大，单说拉美不仅有古巴、多米尼加，还有哥斯达黎加……既然决定走出去，就要训练国际视野，锻炼洞察力，锤炼前瞻性。国际贸易有来有往、有进有出，市场才会繁荣，互信才能达成。第一次来到没有军队的哥斯达黎加，似曾相识，既有亲切感也有认同感！

写于 2017 年 7 月

中美洲面积最小国家——萨尔瓦多

从哥斯达黎加首都圣何塞起飞，搭乘哥伦比亚航空公司的班机AV670飞行约2小时抵达萨尔瓦多首都圣萨尔瓦多时，已是晚上8点，天已黑还下着小雨，走出机场到达大厅，迎候的有热情的导游，接待用中巴，护卫警车警察，还有些发自四周异样的目光。

皮卡警车开道驶出机场，敞篷车厢里坐着两位坐向相反的、荷枪实弹、全副武装的威猛警察。来萨尔瓦多之前，已被特别警示这里治安差，故内心时刻警觉，甚至有点儿惶恐，耳朵像兔子般立起。

车快速前行，路窄无灯，偶尔前方有移动亮光，多是隔离带对面开来的。车外无光，车内又无亮，公路两侧树木茂密紧靠山坡，人烟稀少，处处都是伏击的好地点。脑子在瞎想，本地司机播放着低沉、略有沉重的音乐，营造出一种别样的气氛，好像预示着萨尔瓦多历险之旅开始了。大约20分钟后渐渐出现路灯，心略平静。

萨尔瓦多位于中美洲北部，沿海毗邻太平洋，是该地区面积最小的国家，仅 2 万平方千米。全国下设 14 个省，国内经济重点为农业，主要盛产咖啡豆和棉花。工业基础薄弱，平均工资 200～300 美元，是世界上"中低等收入国家"之一。受 2008 年全球经济和金融危机影响，经济增长缓慢，从 2011 年至今经济增长率为 1.9%。

萨尔瓦多人口约 670 万，印欧混血人占 89%，印第安人 10%，白人 1%，其中 150 万常年在美国打工，为资本主义建设添砖加瓦。部分人不适应自由民主的美利坚法制，突破法律后被捕入狱接受教育，刑满释放后又被美政府完璧归还给萨尔瓦多当局。已经习惯美式生活的这些"社会精英"又不适应萨尔瓦多的新生活，只好发挥自己原有的强项，逐渐形成两大黑帮，人数约有 10 万之众，相当于总人口的 1.5%。2015 年 1 月，萨尔瓦多总统宣布大力打击街头黑帮，但该国在 1—7 月仍有 3400 人遭谋杀，现在这个数字下降到每月 15 人。

代表团受到了萨尔瓦多政府热情的接待，对接的官员博闻强记、口才上乘，对本国政策法规资源优势了如指掌，介绍起来滔滔不绝。尤其是经济部副部长、女博士露丝女士不同场合的两次发言，从国内到中美洲，从拉美至全球的论述颇具国际视野，她对中国作为第二大经济体大加赞赏并推崇，对我国在世界事务中将发挥更大作用的信心不输华人。当然她也坚信萨尔瓦多作为中美洲的物流中心潜力巨大，前途光明。

在萨尔瓦多的三天里，最可爱的人当属忠于职守时刻保护我们的警察先生们。每天陪伴警卫，外出时开道护道，手不离枪枪不离手，头发有型，墨镜标配，每次停车后都迅速赶到有利位置。行进中尽可能不影响交通，不强行占用车道，警笛只是必要时鸣叫，举手投足一举一动均显示威严、威武、敬业、专业。

拉美人普遍悠闲、享乐、散漫，可萨尔瓦多人相对而言耐劳吃苦精进。有例为证：坐在中巴车上路过一体育场，看到一群青年踢足球，不着运动短装，而是穿普通长裤，裤脚挽起，奔跑抢断，本可以轻装上阵，重装上身足以显示萨尔瓦多人不惧困难，甚至没有困难制造困难也要上的精神。

中美洲面积最小的国家——萨尔瓦多治安问题严重，富贵险中求，不安全就意味着安全产品等有市场需求，生活用品同样有需求。

写于 2017 年 7 月

一条运河成就的国家——巴拿马

　　巴拿马是中美洲最南部的国家，是除美国以外世界上第一个使用美元作为法定货币的国家。依靠其得天独厚的地理位置，巴拿马大力发展转口贸易，重点发展金融，贸易和旅游业。

　　巴拿马运河横穿巴拿马地峡，连接太平洋和大西洋，是世界上重要的航运要道，也被誉为世界七大工程奇迹，素获"世界桥梁"美称，是南北美洲的分界线。

　　法国人当年在巴拿马投下巨资，希望携苏伊士运河的经验，开辟一条连接大西洋和太平洋的通道，10余年挖掘历尽艰辛，因经验所误、设计缺陷、经营混乱、贪污贿赂等导致运河工程难以

如期建成，无法向法国交代，只有通过卖掉开发权、使用权、经营权等来化解这难题。

机会永远是给有准备者，美国对运河窥视已久，早就垂涎八尺，双方很快达成协议。当年巴拿马还是大哥伦比亚的一部分。据说美国同意支付 4000 万美元给法国，之后与哥伦比亚政府签订由美国修建和租借运河的条约，但哥伦比亚议会拒绝批准。

美国行事霸道但又有战略野心，为了开发和控制巴拿马运河，1903 年 11 月 3 日美军在巴拿马登陆，并策动巴拿马脱离哥伦比亚独立，成立巴拿马共和国。同年 11 月 18 日，美国取得修建和经营运河的永久垄断权，运河区的永久使用、占领和控制权，在巴拿马中部的蜂腰地区开凿一条运河，这是美国侵略、颠覆他国的又一个鲜明的实例。

时任美国总统的拉瑟福德·伯查德·海斯指出：美国必须把巴拿马运河控制在自己手中，绝不能放弃这种控制，而将运河交给任何一个欧洲国家！

巴拿马运河最后由美国建造完成，1914 年开始通航。面对美国的霸权、强权，经过长期抗争，迫使美国于 1977 年与巴拿马签署补充协议。据此从 1999 年 12 月 31 日起巴拿马全权接管运河经营、管理和维护的全部责任。

据说美国在巴拿马运河投入约 4 亿美元，可总收益达数百亿美元。美国为了自己的政治和经济利益，可以置国际法于不顾，动用军事手段强取豪夺，就是今天美国所倡导的民主和自由，同样是建立在美国优先的前提之上。

当下的巴拿马只有警察没有军队，政局稳定社会祥和，是拉美近年发展最快吸引外资最多的国家，也是政治上的一块绿洲。巴拿马没有国家中央银行，直接使用美元，自由汇出，国际结算，方便稳定，与我国香港许多方面类似，重点做转口贸易，是金融中心、物流中心。巴拿马运河相关产业的收入已占巴拿马全国GDP的近60%。

2017年6月12日，巴拿马与中国正式建交，希望搭上中国发展的顺风车，渴望及早参与"一带一路"建设。巴拿马政府与中国建交未提任何附加条件，这一举动给中美洲其他未与中国建交的国家带来巨大冲击。

作为两国建交后访问巴拿马的第一个中国高级别代表团，我们亲证中国强大后所享有的尊重，作为一位中国人从未有过的骄傲。中国已经发展成最大的贸易国，世界第二大经济体，低档的小商品已经不能代表一个大国的形象和地位，中国对外出口的产品，包括巴拿马转口的中国商品需要更高质量的精品，中国中高档产品进入科隆自贸区已迫在眉睫。巴拿马自贸区建设对中国也有很多期待，要做好多赢的准备，不能让巴方的期望落空，更不能让我们的国家失望。

衔接大西洋和太平洋的巴拿马运河长约80千米，是一条缩短

海上运输距离节省时间的捷径。"一带一路"倡议将加快共建国家的共同发展，带给全球的福祉更是空前的。"一带一路"将发展与共建国家的经济合作伙伴关系，共同打造政治互信、经济融合、文化包容的利益共同体、命运共同体和责任共同体。

写于 2017 年 7 月

墨西哥：
古老文明和现代激情

禅游墨西哥金字塔

太阳金字塔乃是墨西哥特奥蒂瓦坎遗迹中最为宏大的建筑物，其方形塔基达 225 米 ×222 米，5 层塔总高 63 米，位列世界第三大金字塔。月亮金字塔的塔基为 150 米 ×120 米，四层塔总高 46 米。金字塔曾举行宗教仪式、祭祀太阳神和月亮神的场所。我们一行在太阳金字塔前集结。

雄伟而神秘的金字塔处于墨西哥古老城市特奥蒂瓦坎的核心位置。这座老城孕育了美洲地区的高度文明，也是当年玛雅古国最为繁华的城邦。一位同行者扬言背上包，登得高。背包已经背上，全身放松并呼出三口气后，便向塔顶进发。将重心和注意力集中在脚掌，不急不躁，时刻观察脚掌接触地面时的感受。

　　登顶太阳金字塔后内心满是欢喜，团友们情不自禁地张开双臂和天空相拥。我站在塔顶极目远眺，仿佛看到 1321 年印第安民族开始填海，1521 年西班牙入侵，1810 年开始独立战争，1821 年成立墨西哥第一共和国……

　　太阳金字塔的顶部据悉磁场能量最强。既已至此，那就禅修一番。顺时针绕塔行禅三周后，团队里的于先生和杨女士分立左右随地坐下，一阳一阴，仿若"男女双修"，轻松禅坐。从太阳金字塔的塔顶行禅而下，内心赞叹着古老的玛雅文明，敬仰美洲的先贤大德为墨西哥和世界创造并留下宝贵的文化遗产。我们一行再次集合，庆贺登太阳塔之行圆满。

　　随后一起迈步向月亮金字塔禅进。临近月亮金字塔时，瞧见在月亮广场的侧面还矗立几座小型的金字塔。导游介绍道，此塔有一种神奇现象，站在塔前正前方，用力鼓掌拍响便会有鸟叫声。众团友一起击掌，果然有鸟叫的声音从建筑内发出。只闻其声，不见其形，神奇绝非虚妄。

　　月亮广场的中央有一方方正正的台子，站在台上发声就有回音产生。团员们齐声呐喊："一粒种子改变世界，种子的力量一定灵"，声音在周边及远处回荡。据说在这里体验到的是古老时代的"麦克风"。台子中间乃是吸收能量的最佳位置，大家各就各位，盘腿而座，背对太阳面向月亮塔，伸出双臂，吸收能量。

连续登顶太阳和月亮金字塔后，胜利的喜悦无须用语言表达。美女团友们一起伸出秀美的双腿，将亲近文明、礼敬神明的功德，回向给国内的同胞。

写于 2016 年 11 月

声名显赫的餐厅

　　刚刚在美国圣多那的修习画上了圆满的句号，师兄们一行20余人便如同一阵疾风，马不停蹄地奔赴世界最大的城市之一——墨西哥城。他们经过一路的奔波，抵达墨西哥城时，每个人的脸上都写满了疲惫，但眼神中却闪烁着期待的光芒，我从古巴赶过来会合。匆匆在下榻的万豪酒店办理好入住手续，稍作休整，我们便迫不及待地朝着墨西哥城声名显赫的餐厅 Hacienda de los Morales 进发。

　　当踏入这家餐厅，仿佛瞬间穿越了时空。这座建筑拥有悠久的历史，至今已然历经了369个春秋，岁月在它身上留下了深深的痕迹，浓郁的西班牙风格更是展现得淋漓尽致。古老的砖石墙壁、精致的雕花窗户、高耸的拱顶，无一不在诉说着过去的故事。当夜晚璀璨的灯光亮起，柔和的光线洒在建筑的每一个角落，为其披上了一层梦幻的外衣，仿佛赋予了这座古老建筑新的生命，使其焕发出勃勃生机。

走进餐厅内部，里面的摆设更是让人眼前一亮。精美的瓷器、古朴的木雕、绚丽的挂毯，每一件物品都仿佛是历史的见证者，无声地展示着这个高原国度古代灿烂的文明。这里不仅是一个让人满足口腹之欲的场所，更是一座连接过去与现在的桥梁，让人们能够在品味美食的同时，回顾历史的厚重，温习传统的韵味，欣赏精彩的歌舞表演。

在准备享用墨西哥餐之前，我拿出相机，将团里美女们那一脸洋溢着的美好瞬间定格下来。她们的笑容如同阳光般灿烂，驱散了一路旅途的疲惫。发自内心的喜乐，犹如一股清泉流淌在每个人的心田。其实，仔细想想，每一个人都蕴藏着无限的潜力，都具有成为"意识大厨"的潜质。在生活的舞台上，随时都能够凭借内心的智慧和热情，烹饪出可口香浓的精神大餐，滋养自己和身边人。

说到墨西哥，不得不提它作为美洲文明古国所拥有的独特文化魅力。墨西哥的舞蹈，就像是一幅色彩斑斓的画卷，融合了西班牙的热情奔放和印第安的神秘古朴，形成了这个高原国家独树

一帜的民族艺术形式。恰恰舞，这一风靡全球的舞蹈，正是起源于墨西哥。它那欢快的节奏、灵动的步伐，让人不禁随之摇摆。而 Jalisco 作为墨西哥颇具代表性的民间舞蹈，更是充满了浓郁的民族风情。男子们身穿传统的民族服装，头戴宽沿帽，眼神中充满了热情与专注，勇敢地追逐着自己心仪的女伴。女子们则身着宽肥艳丽的土布裙，宛如一朵朵盛开的鲜花，她们佯装害羞，优雅地躲避着男子的追求，并不时用裙子甩出各种花形图案，仿佛在空气中描绘出一幅幅美丽的画卷。

在这个美丽富饶的国度，古代印第安人曾经创造了举世闻名的玛雅文化和阿兹特克文化。古老的金字塔、神秘的象形文字、精湛的天文历法，无一不展现着古人的智慧和创造力。今夜，作为来自中国的旅行团队，深深感受到了墨西哥人民的热情好客。东道主不仅为我们准备了丰盛地道的墨西哥美食，还特别请来城中最负盛名的乐队，为我们献上一场精彩绝伦的演出。

当一道道色香味俱佳的墨西哥菜肴端上桌，味蕾瞬间被点燃。浓郁的酱料、鲜嫩的肉类、丰富的配菜，每一口都充满了异国的风情。而餐后的可口甜点，更是为这顿美食之旅画上了甜蜜的句号。挟着在圣多那所加持的高能量，师兄们也按捺不住内心的激动，登上舞台大展身手，手功、腿功、脚功都表现出色，在舞台上豪情万丈。不仅深情演唱了一首充满中国韵味的《茉莉花》，那悠扬的歌声在餐厅中回荡，还振臂高呼，将中国人民的热情与友好传递给每一个在场的人。这一刻，墨西哥这座不夜城又增添了一抹独特的中国元素，让不同文化在此交融碰撞，绽放出绚丽的火花。

在这充满欢乐与温馨的氛围中，时间仿佛飞逝。离开餐厅时，夜空中的繁星闪烁，仿佛在诉说着这座城市的故事。而我们，带着满满的美好回忆，期待着未来的旅程中，能有更多这样难忘的瞬间。

写于 2016 年 11 月

台胞开的梅花酒家

在墨西哥城的那三天，时光仿佛被美食的香气所浸染，尤其是那踏踏实实享用的三顿早餐，让每一天都有了一个满足的开端。坦白说，我一反以往不吃晚餐的习惯，也尽情享用了三顿丰盛的晚饭。

第一天，从哈瓦那匆匆赶到墨西哥城，一路的奔波有些疲惫不堪。晚上，在一家餐厅与师兄们会合，昏黄的灯光，木质的桌椅，营造出一种温馨而又惬意的氛围。点了一份牛排，牛排端上来的时候，还嗞嗞作响，散发着诱人的香气。那鲜嫩多汁的牛肉，纹理清晰，一刀切下去，肉质紧实而富有弹性。放入口中，瞬间被那浓郁的肉香和恰到好处的火候所征服，仿佛每一口都是对味蕾的一次深情拥抱。

第二顿晚餐，我们来到了墨西哥城的梅花酒家。刚游完金字塔，身体的能量消耗殆尽，肚子早已空空如也。迈进这家中餐厅，那古色古香的装修风格和熟悉的中国元素，让人瞬间感到亲切。

刚坐下，肚子就开始轻轻叫唤起来，像是在抗议主人的"虐待"。不一会儿，一碗酸辣汤上来，那热气腾腾的模样，就像见到久别的亲人，让人迫不及待。双手伸出将汤碗轻放盘中，一勺入口，微微辣，略略酸，那种恰到好处的酸辣滋味，瞬间在口腔中绽放开来。顺滑的汤汁顺着喉咙一路向下，每一个细胞都仿佛被唤醒，进肚感觉顺畅无比。抬头看其他师兄，脸上都是满意的神情，一碗解饿解渴的汤很快就不见了踪影。

鲜蘑油菜很快也端了上来，鲜嫩的蘑菇和翠绿的油菜搭配在一起，色彩鲜艳，让人眼前一亮。条件反射般，情不自禁地尝了几口，瞬间感受到了大厨的精湛功夫。蘑菇的鲜香和油菜的清爽完美融合，每一口都充满了大自然的清新气息。抬头和师兄们交换了眼神和意见，大家都说如此香味、这样上菜，会出现"上一个消灭一个，全扫光"的后果。

梅花酒家最让人称道的，当属那美味的烤鸭。它和全聚德烤鸭有着相似之处，却又独具特色。厨师的刀法娴熟至极，每一片鸭肉都薄厚均匀，宛如艺术品。片鸭的过程，就像是一场精彩的表演，让人目不转睛。庖丁解牛的功夫想必是受过烤鸭大学的高等教育。不同的是，这里鸭子的大部分肉都被片下来吃，饼相比全聚德略大略厚。操刀手旁边的墨西哥小哥，用饼把鸭肉直接卷好，齐整均匀，卷饼水平不亚于北京的全聚德。这里的小哥卷饼功夫了得，或许是因为墨西哥餐中有太多卷菜的缘故。鸭肉入口，齿间留香，醇

厚的味道让人陶醉。一连吃了三卷，仍觉得意犹未尽。梅花酒家的烤鸭肉多饼大，符合墨西哥饮食习惯，当属创新之举。

墨西哥出口的科罗娜啤酒度数较低，本土饮用的却是高度，据说最高可达 20 多度。想象一下，在墨西哥的夜晚，人们围坐在一起，开怀畅饮，畅谈天地，那是多么热闹的场景。可见墨西哥朋友也很有酒量，日后若有机会，定要和墨西哥的兄弟切磋酒的文化，来一场深度交流，感受不同国度饮酒文化的魅力与差异。

听说梅花酒家是由我国台湾华人开办，装修精美却不奢华，精致又舒适。餐厅分两层，一层的墙上几幅梅花画点缀，给整个餐厅平添几分优雅。那梅花画栩栩如生，仿佛能闻到阵阵花香。梅花餐厅门外的高墙上悬挂着一副对联："美味传情迎宾客，华岩秀水集贤阁。梅林飘香人下马，花园簇锦满庭欢。"这副对联用中华的笔墨文字，热情地欢迎着来自墨西哥和世界各地的宾朋，传递着浓浓的情谊和温暖。

在三天的墨西哥城之旅中，美食成为最深刻的记忆。每一道菜，每一口滋味，都承载着文化的交融和情感的传递。不仅仅是食物的味道，更是心灵的慰藉和对美好的追求。梅花酒家，就像一座桥梁，连接着不同的文化，让身处异国他乡的我们，也能找到那份熟悉的温暖和感动。

写于 2016 年 11 月

大洋洲篇：
太平洋的明珠

回望纯美的新西兰

  正在新西兰度假的女儿不时发来沿途的美照，触"片"生情，情愫重现，不由自主地回想 10 年前去那儿尽兴游览的美妙时光。

  前日随手拿起 2014 年的一本日记，说来也巧，翻开时正是畅游新西兰那一页：倘若有人问："新西兰是一个怎样的国度？"男士会告诉他：新西兰像一位会令你心仪的女子，不仅秀美，更有清纯，不用梳妆打扮就已楚楚动人、仪态万千。女士提问，便这样作答：新西兰是位能让你魂牵的男子，不单温柔浪漫，更多儒雅气质，不需刻意修饰，已是玉树临风、自然洒脱。

  据说皇后镇是全世界第一旅游胜地，常住人口仅 1.5 万，年接待游客达 430 万人。第一次在世界最佳观星点仰望天空，见到有生以来最多的繁星，真切感受到宇宙的浩瀚、人类的微不足道。第一次乘直升机在雪山上空飞行，也是第一次站在雪山顶超近距离欣赏雪景。第一次乘船在冰川融化后的湖里游荡，瞪眼细看三百年的冰块，尽情饱览山地冰川 。第一次搭乘喷气快艇在长达 24 千米的湖面飞驰，360度全方位观看映入眼帘的湖光水色。

10年前的"五一"假期，北大国学班移民到新西兰的周同学发出邀请，我等便组团结伴欣然前往。精心挑选的地接社细致入微的服务专业暖心，整个行程纯观光无购物，轻松愉悦。特别值得一提的是，35岁的导游小吴不仅称职，实属优秀。用心帮拍出彩的照片，女同学们的满意度大幅蹿升。知识全面，肚里有货，几乎能回答同学们提出的涉及这个岛国的大多问题。此外，他还常加些"福利"，如主动增加景点等。一路上同学们总感到有意外收获。

新西兰南岛拥有近海的雪山、宁谧的峡湾、剔透的冰河、辽阔的平原。花园城市基督城和观光胜地皇后镇是岛上最耀眼的两颗明珠，游人在那里能领略到新西兰最核心的纯美。北岛有千帆之都奥克兰、文化之城惠灵顿、毛利民俗主人村。

告别号称有世界最美的两个岛的新西兰已近十年，一经提起，当年的美景和美妙便瞬间回放。世间从未感受过的铭心刻骨的美好，一旦经历了便留在心底挥之不去。回望纯美的新西兰，体悟到世间美好用心追逐，身体力行，经历体验后，便成了自己生命的一部分。其实，这世上有太多各种各样的美，真应该开心快乐地活，不只是在遥远的太平洋西部，许多的美好其实就在不远处等候。真想要，就动身前往。

写于2024年2月

非洲篇:
大地母亲的呼唤

初识肯尼亚

常年商旅，去过世界很多地方，却从未踏上过非洲的土地，内心对此次肯尼亚之旅自然充满期待。

肯尼亚面积约 58 万平方千米，人口约 3800 万，位于非洲东部，赤道横贯中部，东非大裂谷纵贯南北，乞力马扎罗雪山屹立于南部边界。海岸线长 536 千米，沿海是平原地带，其余大部分为平均海拔 1500 米的高原。肯尼亚也是人类发源地之一，境内曾出土约 250 万年前的人类头盖骨化石。7 世纪，东南沿海地带已形成一些商业城市，阿拉伯人开始到此经商和定居。

2010 年 10 月 8 日晚 9 点，全团 68 人搭乘肯尼亚航空 KQ887 前往肯尼亚首都内罗毕。空中客车 A380 飞行了约 2 小时后，经停

泰国首都曼谷 1 小时 45 分钟。坐在 40H 座位上的我，先和左边来自山东青州从事食品蔬菜批发并出口日本生意的索强，以及右侧专营电动车配件并两次皈依的 57 岁杭州人佟骏简单交流了几句。习惯于飞机上阅读，用时 4 小时重温了中国战略定位第一人邓德隆先生的《2 小时品牌素养——详解王老吉成功之道》一书，用特劳特先生的定位思想和技术重新对慕兰潭朗姆酒进行了梳理。

9 日早晨当地时间 6 点 5 分，历时 14 小时的空中飞行，飞机抵达内罗毕国际机场。肯尼亚中国旅行社工作人员已在出口举牌专业等候。身材高大健壮的肯尼亚黑人导游欧大华，热情开朗，中文说得流利纯正，看上去和机场边防移民局官员相当熟络。欧大华协调并协助我们办理入关手续时，大家称赞他中文出色，他调侃戏称他本是中国人，只到肯尼亚时间久了才变黑了，好有趣的一位非洲帅哥。

走出机场，微风拂面，清爽宜人，气温 20℃，丝毫感受不到出国前想象中非洲的蛮荒炎热。全团 68 人分成 6 组搭乘 13 辆越野吉普驶离上空多云的肯尼亚第一大机场，前往位于市区的新江苏饭店享用早餐。

从机场到市区的公路上跑着丰田、本田、福特、奔驰等进口车，其中日本的丰田数量最多。世界第一大汽车制造商的成功营销显而易见，"有路就有丰田车"名副其实。基于路上行驶的汽车数量和品牌判断，肯尼亚目前的水平应该和我们国家改革开放后 80 年代后期相近，与我心目中贫困潦倒、饥寒交迫的非洲大相径庭。

7点35分，我们到达饭店。享用了地道的中餐后，8点45分离开饭店前往 Lake Naruku National Park。

13辆越野吉普车按车号先后顺序沿着双向两车道左侧行驶，已具规模。我们6人乘坐的是纳库鲁6号车，肯尼亚共有43个部落，纳库鲁为其中重要部落之一；司机名叫 Danasso，是位有4个孩子的父亲。Danasso 先生性情温和，开车沉稳，速度缓慢，在百分百确认安全后才超车，他的淡定从容我很适应，并感到亲切。

9点20分天空开始放晴，车队也刚好到达了闻名世界的东非大裂谷处。大裂谷主体段北起红海南端，经埃塞俄比亚、肯尼亚，沿坦桑尼亚延伸至莫桑比克贝拉港的印度洋海岸，全长约6000千米；最窄处不足10千米，最宽处达200千米，谷深从数十米到3000米不等。东非大裂谷是几百万年前因地壳活动，包括地震和火山爆发等，逐步形成的，广阔无边，一望无际，放眼望去，极为壮观，震撼之余再次感受到大自然的强大力量……

我坐在副驾驶的位置做兼职翻译。与司机的交谈中进一步了解到，肯尼亚地处非洲东北部，地跨赤道，东与索马里为邻，北与埃塞俄比亚、苏丹接壤，西与乌干达交界，南与坦桑尼亚相连，东南濒印度洋。肯尼亚和斯里兰卡、印度为世界三大红茶生产国，这一点我还是第一次听说，真是孤陋寡闻。

中午12点，我们到达了 Lake Naruku National Park，午餐和下榻的 Sarova Lion Hill Game Lodge 酒店就位于树木掩映中的国家公园内。

　　我和来自河南驻马店、做超市连锁的王海周分到 38 号房间。王海周生于 1965 年，在我们三组中排行老五，也是 4 个孩子的父亲，外形酷似棋圣聂卫平，说他是聂圣之后，想必不会有人反对；三组正好 12 人，我有幸再次成为二哥。品尝了第一次英式午餐，稍作休息，3 点钟便开始了动物观光，当地叫作 Game Drive。

　　驾车在国家公园内寻找野生动物，发现有移动的便停下来让这群来自中国的企业家欣赏、拍照，这种旅游真是既安全又刺激。谁都不知道将会看到什么，大家便满怀着期望，仔细搜寻，不断发现，用心感受……

　　园内有大量的水牛，少量的犀牛、羚羊、白鹭、斑马、长颈鹿、鹈鹕、金丝猴、火烈鸟……当我们第一次见到一群悠闲散步的斑马时，这群动物竟然全体转身把臀部朝向了我们。非洲斑马的臀部是所有的动物中最性感、最好看的，丰满上翘的美臀让全团女生羡慕不已，心生无限遐想。久居都市的我，此时也快速融入这奇妙的大自然中，感受到了回归的轻松和愉悦。

　　纳库鲁湖国家公园又被誉为"观鸟天堂"，园中有成千上万只嘴巴鲜红美丽的火烈鸟。成群成片的火烈鸟在靠近湖边的湖面集结，与傍晚的红霞在湖光中的倒影相互映衬，美丽无比。当万鸟振翅从湖面依次起飞翱翔时，我真的希望自己也能有一双翅膀，和它们一起飞，飞到湖的上空，飞到更高更远的、我该去的地方……

写于 2010 年 10 月

欧洲篇：
古典与现代的交融

晚秋又访意大利

弹指间，十五年匆匆而去。此前曾两次游览意大利，龙年晚秋又访，心中依然溢满欣喜与期盼。

从深圳宝安国际机场，搭乘海航 HU7973 班机，历经 12 小时 30 分钟的空中之旅，于当地时间早上 7：30 抵达米兰马尔彭萨（Milan Malpensa）国际机场，坐上友人安排接机的宽大舒适的新款德国造，前往 142 千米之外的只有不到 20 万人口安详静谧的精巧小城——雷焦艾米利亚（Reggio Emilia）。

意大利也是欧洲四大经济体之一，人口近 6000 万，中小企业数量高达 420 万家。据悉，2024 年上半年勇超日本，傲然跻身于世界第四大出口国之列。其成功秘诀究竟何在？怀揣思考，踏上了第三次前往意大利的旅程。

位于地中海之畔的意大利是古罗马文明和欧洲文艺复兴的发祥地，曾经孕育出马可·波罗、哥伦布、伽利略、达·芬奇、米开朗基罗、拉斐尔等影响世界的伟人，是一个举世公认的历史悠久、文化绚烂的国度。

商人旅行家马可·波罗，13世纪末17岁时跟随父亲和叔叔从威尼斯出发，沿着古老的陆上丝绸之路，途经中东、中亚，历时四年，饱受艰辛地抵达中国，之后在神州大地游历了十七年。其间学会了汉语和蒙语，并在元朝政府中任职，曾担任扬州总管三年，还出使过南洋多国。他是世界范围"走出去"的先驱，这位商人不仅走得远，且意志坚毅，行动果决，他开启了中欧贸易的先河，更是中西方文化交流与互动的楷模。马可·波罗在商业和外交方面的成就使得他成为当时欧洲最富有的商人之一，是我辈当下出海、践行"一带一路"伟大倡议的优秀榜样。

此行休闲度假，近距离体验意大利。每天意式浓缩咖啡（Espresso）、卡布奇诺（Cappuccino）、拿铁（Latte）一直在咖啡厅静候，红白葡萄酒在酒吧不停招手，Gucci（古驰）、Armani（阿玛尼）、Prada（普拉达）在周边连续浮现。种类丰富的可口美食，多姿多彩的地中海风情，令龙年最后一次海外游成了意式文化生活品鉴之旅。

雷焦艾米利亚是一座隐匿于意大利北方的古老城市，是时装王国Max Mara的诞生地。漫步在呈六角形老城的街头巷尾，心怀敬畏走进建于15、16世纪古老的教堂。虽不相信神明的存在，但坚信精神的

力量。中午时分进了一家仅能容纳四张桌子的小餐厅，要一盘蔬菜沙拉，点上口感柔软、脂肪均匀的意大利帕尔马（Parma）火腿，搭配意大利面管（Penne），再品上一杯轻盈细腻的意大利白葡萄酒。餐后，还在小广场边上的专卖店买了一顶质地优良、设计纯正的 Italy 帽子，以抵御北京即将到来的寒冷冬日。晚上约 9 点应约前往好友经常光顾的餐厅，享用肥美鲜嫩的意大利牛排，畅饮余味悠长的意大利红酒，边聊边吃。在谈笑中，不经意间深受意大利人热爱生活、注重品质、热情洋溢、悠闲浪漫所感染，推杯换盏，把酒言欢，喝得尽兴，聊得开心。半夜时分返回酒店，身无公务，格外放松，安睡到上午 11 点自然醒，这一觉好像把前 11 个月缺失的睡眠统统补回了。

第三次访意大利，不仅尽享了雷焦艾米利亚小城的祥和宁静，进一步走进被称为"中小企业王国"的南欧强国，也洞悉了意大利模式的优势在于高度互联的由 99% 中小企业组成的工业结构，成为世界出口第四的缘由就此揭晓。一向乐于挑刺的我，发现小城的现代罗马人文化超自信，在意大利语还没有成为世界通用语言之前，餐厅的菜单、店面的招牌大多为意大利语，鲜见英文，或许其内循环良好，无暇顾及国际游客。尽管这般，还是期待来日继续走进古老和现代的意大利，感受它的发达繁荣、浪漫时尚、慵懒轻松……

休闲几日，焕然一新，在米兰国际机场吃下最后一块那普利斯比萨（Pizza Napoletana），向已远的小城挥手，向晚秋告别。

写于 2024 年 11 月

德国的经济为什么强?

第一次访问德国是 2014 年的秋天，当时从北京飞到法兰克福，打算利用周末把这个能代表德意志先进的城市看个清楚。没料到店铺关门，企业休息，结果这三日成了无所事事游手好闲的三天。

吸取前次教训，春节开工后我有备前往科隆和慕尼黑。这一次，不仅把眼睛擦亮，还竖起"兔耳"，时刻保持高度醒觉，聚精会神地东张西望。在德国七天，连续吃德国香肠，痛饮啤酒，过上资本主义的生活，体重和见识见闻均有提高。

从法国巴黎转机抵达杜塞尔多夫时已是晚上 10 点，驱车约 45 分钟，便进入了科隆。杜塞尔多夫位于莱茵河畔，紧邻世界著名的

鲁尔工业区，是欧洲经济最发达地区北莱茵—威斯特法伦州的首府，也号称是欧洲最大的村庄。科隆既是历史文化名城，也是重工业重镇，更是一座繁华的现代化大都市，在列德国位列第四，人口约 100 万，仅次于柏林、汉堡和慕尼黑。

德国人见面常用问候语是：秩序井然吗？和我们多年前见面说"您吃了吗？"一样普遍。德国平均工资约为 2000 欧元，收入最少的职业是空姐，1600 欧元，最受欢迎且收入最高的行业是农业。他们最喜欢的数字是 4，发音近似"多"，由此可见中德文化差异着实不小。作为欧洲经济的火车头，德国的经济何以领先？提及德国的繁荣，人们往往想的是三大汽车制造商、拜耳制药、西门子等大牌公司。然而，在表象背后，真正造就繁荣的是众多的隐形冠军。研究表明，德国的出口贸易乃至整体经济的持续发展，主要得益于中小公司，尤其是那些在国际市场上处于领先地位却"寂寂无闻"鲜为人知的中小企业，据统计，德国现有超过百年的企业有 2000 多家。德国总理默克尔曾一言点明：没有强大的家族企业根本不行，他们为德国的经济增长做出了巨大贡献。

来到科隆，临近鲁尔区，我不禁想到中国的鲁尔——东北辽宁。现在那里许多企业举步维艰，如何振兴东北老工业基地？德国鲁尔工业区与中国东北老工业区虽然相距万里，但拥有相同的资源优势，在实现工业化的过程中都经历了相似的过程。即由资源开发走向经济繁荣，再由资源枯竭导致经济衰退。我们能从德国重镇鲁尔的奇迹中获得一些启示吗？除了调整产业结构，制定相关促进政策外，最关键的是人们的思想亟待改变。众所周知，德意志民族专注、坚持、严谨细致、言出必行，代代传承。我们的企业要向德国公司学习，专心致志、脚踏实地、精益求精。只要我们选准方向，坚持最高品质，持之以恒，就必然能够发展壮大。

一提起德国，人们首先想到便是制造业强国。七天科隆、慕尼黑之行，我亲见德国的发达是全方位的。从第一产业农牧业到第三产业，均处于世界领先水平。德国莱比锡世界博览会、慕尼黑国际啤酒节、柏林电影节、科隆五金展，都是全球遐迩闻名。此外，德国的职业教育独树一帜，培养了大批一线技术人才，保障了德国的高技术能够实现工业化，这一点值得我们借鉴。德国经济的强大是源于企业的强大，企业的强大源自品牌的强大，正是众多世界级品牌成就了德国经济的强劲和强盛。

实事求是地讲，和德国企业相对照，我们的企业喜欢四面出击，八面威风，遵循着鸡蛋不能放在一个篮子，兄弟多了好打仗的逻辑。然而实际情况是，多元化经营所产出的产品，所造的蛋，往往难有出类拔萃、附加值高的，常是营养不良，脆弱不堪、发育不全的，在市场中难以有竞争力。贾跃亭先生的乐视几年前风光无限，起初全面开花现在却危机四伏，四面楚歌，曾经千万人热捧，

当下却遭万千人所指，这血淋淋的教训值得深刻反思。德国企业的发展的关键在于"制心一处，无事不成"的聚焦原则。

中国改革开放 40 多年，取得了令人瞩目的成就，但我们要清醒地认识到，我们这样的泱泱大国当下仅有一个华为。只有中国各行各业都发展出自己的"华为"之时，才是中国成为经济强国之日。

从科隆城里酒店出发时是冬季，上高速行驶 30 分钟，便仿佛就进入了春天。蜿蜒曲折的道路两旁绿树成荫，草坪起伏，生机盎然。远处阿尔卑斯山上白雪皑皑，没想到工业制造强国的乡村景象如此的自然田园，令人赏心悦目，劳顿的身体在不知不觉中得到放松。继续前行，顺道拜访奥地利萨尔斯堡小镇和捷克最美的城市——布拉格，这就像是犒赏自己的一根胡萝卜。27 年前第一次来捷克住在民宿里的温暖感觉再次重现。历史上曾作为前罗马帝国都城的布拉格，是世界上第一座整个城市被评为世界文化遗产的城市，也是欧洲乃至世界上最美的城市之一，再次游览，心旷神怡，回味悠长。

德国科隆、慕尼黑七天之行见识不少，看到了我们的差距，也深感中国大有希望。高铁历经十年卧薪尝胆，实现了赶超，继续虚心学习德国乃至世界发达国家的先进，我们会有更大的发展。加油吧中国！加油啊，中国的企业家！励精图治，奋发图强，制心一处，全力以赴。假以时日，相信在不久的将来，中国也会成长为制造业强国，也会成为拥有众多世界品牌的经济强国。

在返程的荷航班机上，机长、乘务长、空姐相继前来祝贺生日快乐，暖心细致到位的服务让我十分喜悦，趁机多喝了两杯餐前酒。

写于 2018 年 3 月

闲里寻趣　苦中找乐

　　搭乘法航班机从北京出发，飞行约 11 小时后抵达巴黎。龙年
春节前再次走进戴高乐国际机场时，不由回忆起 5 年前那次突发奇
想、细品痛饮的不寻常的经历。

　　那天从巴黎转机飞哈瓦那，在机场有近 10 小时漫长的等待。
这期间的闲暇该做什么？先去休息室的淋浴房洗去一路的劳顿，坐
在休息室的沙发上，抬头望见吧台上错落摆放的一排酒，心生一
念，决定来一次全面的品鉴。六大洋酒均有，干红、干白、香槟都

在。进口和经销古巴朗姆多年，和进口酒早已结缘。走到台前，在一把吧台椅上坐下，没等谁来任命，自我提拔当了一名客串的品酒师。

法国人热爱生活、崇尚浪漫。在机场休息室里，酒水丰富多样，细细一数，总共 17 款。先从红酒品起，时间充裕，饮得也从容。几杯之后，喝些带气的水，稀释肚里酒的浓度，又确保味蕾清新，好继续品下一款，不时吃一点荤素搭配。那天的行为有点身体力行李白一首诗句的味道："人生得意须尽欢，莫使金樽空对月。"白兰地、威士忌、伏特加、龙舌兰、朗姆酒、金酒一个不漏，通通品喝。懂英语不晓法文，还想喝得明白，有一款酒看不出是属于哪个品类，便问旁边的服务员，没想到法国美女也是"小白"，还特意跑去求助她的同事。

"人生有酒须当醉，一滴何曾到九泉"，推崇"今朝有酒今朝醉，明日愁来明日愁"，饮酒有度，远离醉生梦死。怎样把书读活，怎么把身体练棒，如何把酒喝好，都是生活。同样的酒，有人是喝下愁更浓，有人饮后怀更开，两个不同天地，只在一念之差。酒没毛病，心才是关键。在漫长的人类时空之中，百年也只不过是一闪而过的瞬间，人生本来就是如梦如幻，放下执着，自然绽放，便能活出快乐的真我。

总共长达 20 多小时的空中旅行，对于常年游历在外、四处飘荡的我，是一种久违的清静。没有电话、微信打扰，大段时间都归

自己，可随心看上几部在国内还没上映或不能上映的英文大片，读几本喜欢的书，享受安静、轻松的时光就愉悦，熬磨度日如年的时间必痛苦。

闲里寻趣，苦中找乐，捕捉如雨后彩虹般转瞬即逝的美好。在巴黎机场悠然自得、别出心裁客串国际品酒师的一日，是多年商旅中值得玩味的一天，每每想起，都会对自己会心一笑。倘若有朝一日能做到"樽中有美酒，胸次无尘事"，那便到了清明的境界，再能始终践行"当代李清照"诗人空林子的一首诗所写"身外浮名非我有，不如珍惜杯中酒"，就真正活出了超然和洒脱。读书有法，健康有道，饮酒有节，人就活得明明白白了。

写于 2022 年 2 月

后　记

随着这本书即将落下最后的句点，我不禁掩卷沉思，心中满溢着深深的感慨。《丝路内外的观与悟》所记录的，乃是我在"一带一路"沿线和世界其他地区数十个国家商旅中所遇所闻、多年商海生涯中的所察所想，也是对所遇不同商业生态和文化背景的洞悉和洞见。

作为新时代的商者和社会智库全球化智库 CCG 常务理事，有意以更广阔的视角和更深层的思考去观察审视每一个曾踏足的地方。在商旅中，我领略到了世界的多样性和复杂性，也体悟到了人类共同的渴望和追求。

不同的旅程不是单单观看风景的更迭，每一次旅行皆是一次探寻、一次成长；每一次的经历皆是一次积累、一次沉淀。就像在非洲草原上目睹壮观的动物大迁徙，感受到生命的蓬勃力量；在欧洲古城堡里漫步，领略历史的久远厚重；在拉美城市的街头巷尾穿行，体验到激情的肆意奔放。我把这些点点滴滴汇聚成书，希望能与读者分享我眼中的世界，以及它赋予我们的启示。书中或许某些

观点尚不成熟，有些描述尚显粗糙，但它们皆代表了我最真实的感悟和想法。

感谢您沉浸在书香之中，陪伴我走完这段文字之旅，愿这本书能在您的心中留下些许痕迹，唤起您对世界的无尽好奇和向往。未来的道路依然漫长，我将继续游历前行，前往更多未知的远方，不断发现，不断感悟，期待能够与您分享更多的心得。

即便走过许多地方，我始终认同国内著名作家毕淑敏的一句话：旅行最美妙的地方在于它不断轻声提醒我们—— 你所知甚少，而这个星球如此美好。也认同古罗马时期的哲学家奥古斯狄尼斯所言："世界是一本书，而不旅行的人们只读了其中的一页。"

浩 轩

甲辰龙年岁末 于北京大望路

责任编辑：张　璐　黄嘉玲
责任印制：冯冬青

图书在版编目（CIP）数据

丝路内外的观与悟 / 浩轩著 . -- 北京 : 中国旅游
出版社 , 2025. 5. -- ISBN 978-7-5032-7559-3

Ⅰ . I267.4

中国国家版本馆 CIP 数据核字第 2025PF3108 号

书　　名：丝路内外的观与悟

作　　者：浩轩　著
出版发行：中国旅游出版社
　　　　　（北京静安东里 6 号　邮编：100028）
　　　　　https://www.cttp.net.cn　E-mail：cttp@mct.gov.cn
　　　　　营销中心电话：010-57377103，010-57377106
　　　　　读者服务部电话：010-57377107
排　　版：北京中文天地文化艺术有限公司
印　　刷：三河市灵山芝兰印刷有限公司
版　　次：2025 年 5 月第 1 版　2025 年 5 月第 1 次印刷
开　　本：720 毫米 ×970 毫米　1/16
印　　张：15.5
字　　数：155 千
定　　价：78.00 元
Ｉ Ｓ Ｂ Ｎ　978-7-5032-7559-3